時空調查科 ④

古堡迷影

關景峰 著

新雅文化事業有限公司
www.sunya.com.hk

時空調查科

阿爾法小組

—— 人物介紹 ——

凱文

特工代號：051

年　　齡：13歲

組內擔當：分析大師

特　　長：IQ極高，分析力超強，
多謀善斷

最強裝備：萬能手錶

萬能手錶

具備通訊、翻譯、搜尋、地圖
等等功能，還能按需要升級更
新其他功能。

張琳

特工代號：059

年　　齡：13歲

組內擔當：攻擊大師

特　　長：擁有驚人的戰鬥力，對各種
武器都運用自如

最強武器：先鋒寶盒

先鋒寶盒

可變化成霹靂劍、迴旋鏢和流
星錘三種武器的神奇寶盒。

西恩

特工代號：056

年　　齡：12歲

組內擔當：防衛大師

特　　長：能針對不同攻擊使出各種防禦
力強大的招式

最強招式：防禦盾、防禦弧

防禦盾

原為硬幣般大小的鐵片，使用時
會變大成圓形盾牌。

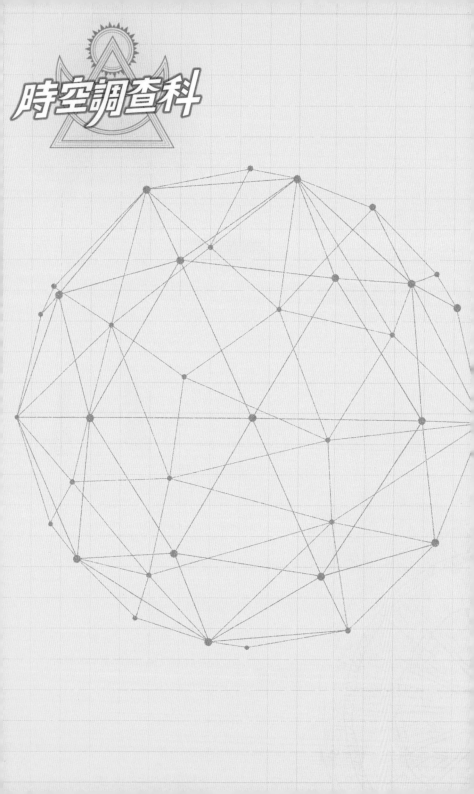

目錄

CHAPTER 1

昏迷的特工

「快，快——」一張擔架牀上面躺着一個青年，他閉着眼睛，表情很是痛苦。一個醫生跟在推車後，一個護士推着擔架牀，還有一個青年跟在擔架牀旁，醫生很是緊張，「必須馬上急救——」

諾曼先生從辦公室急急地走出來，他穿過兩條長長的走廊。這裏是全球特種警察機構總部，總部西面的一所建築，是醫療急救中心，一些因為執行任務而負傷的特工，會被送到這裏急救，這裏有世界超一流的醫生和醫療設備，救護那些在外部世界根本救治不了的重傷者。

「醫生，他情況怎麼樣？」諾曼在急救室的門口，焦急地問醫生。

「剛送來時我給他打了一針強心針，必須急救，目前看情況很不好。」醫生皺着眉說。

「……諾曼……諾曼先生……」青年突然微微地睜開了眼，看着諾曼先生。

「等一下。」醫生拉住了已經推進急救室一半的擔架牀，「他有事要報告。」

「諾曼先生，城堡裏，城堡裏有魔鬼……」青年説完，又閉上了眼睛。

「科爾登，科爾登——」諾曼急着叫了兩聲。

「強心針起了點作用。」醫生看看諾曼，「頭部和背部有傷，我馬上給他醫治。」

醫生一邊説着，一邊把青年推進了急救室，大門隨即關上。

諾曼看着大門，一臉的焦急，他早就得到通知，受了重傷的科爾登要被送來急救。諾曼看看身邊，一起前來的一個青年也焦急地站在門口。

「德林，你知道詳情嗎？你們一起從十一世紀的神聖羅馬帝國來……」諾曼先生問那個青年。

「具體情況不太清楚，當時我確實和科爾登都在圖林根的那個中繼站……」

以上這些都是諾曼先生描述給我們的。此刻，我、張琳、西恩都在諾曼先生的辦公室裏，沒錯，諾曼先生把一個重要的任務交給了我們。

　　「……你們的穿越能力是最強大的，因此不是很了解我們設立在十一世紀圖林根的那個中繼站。」諾曼先生看着我們，解釋道，「由於有些特種警察要進行時空間隔長的穿越會有困難，我們會把穿越分成兩段或者三段，比如要穿越到兩千年前，我們會讓他們先穿越到一千多年前的圖林根中繼站，然後再穿越，降低穿越風險。另外，圖林根的中繼站也承載着我們的特種警察避險、資訊交接的功能，總之，是我們最重要的穿越中繼站，科爾登就是這個中繼站的負責人。中繼站偽裝成一家旅館，科爾登是旅館老闆，多年來那裏一直很平靜，為我們的各項工作發揮着作用，可是這次科爾登居然在中繼站旁邊的城堡裏發現了『魔鬼』，並身受重傷，這個問題非常嚴重，所以你們一定要把這個問題搞清楚……」

　　「諾曼先生，我打斷一下。」張琳舉起了手，面帶抱歉的表情，「科爾登還沒有醒過來嗎？」

　　「是的，就説了一句話，隨後進行手術急救，手術後一直昏迷。」諾曼先生很是憂心地説，「醫生説脱離了生命危險，但是要完全清醒過來，也許要一個多月以後，甚至更長時間，也許……永遠處於昏迷狀態，也就是我們常説的植物人。」

　　「啊，這麼嚴重！」張琳感歎起來，「其實也就是説，城堡裏發生了什麼，我們現在根本就沒辦法從科爾登那裏得到。」

　　「是的。」諾曼點點頭，「即便是一個多月後科爾登醒來，告訴我們城堡裏發生的事，但是這一個月期間，中繼站還要繼續使用呢，城堡裏所謂的魔鬼會不會對中繼站產生威脅，都是一個未知數，所以這件事要你們馬上去解決。」

　　「德林把科爾登送回來的，他知道什麼情況嗎？」我問道，對於科爾登被緊急送回來的事，我稍微了解一下。科爾登這個特工我見過一次，比我

們大七、八歲，非常和善。

　　「當時在中繼站的，有兩個小組，一共六個人，科爾登接待了他們，德林說兩個小組成員都在中繼站的樓上住，科爾登一直在樓下，他們根本就不知道科爾登什麼時候出去的，只是聽到有人拍門，下去一看，發現了已經昏迷並倒在門口的科爾登，後背還插着一支飛鏢，這支飛鏢，差點要了科爾登的命。」諾曼先生的神情很是無奈，「具體發生了什麼德林說不知道，只是拔出飛鏢，為科爾登做了包紮後通知總部，並把科爾登送回來急救。他也和我一樣，聽到科爾登那句話才知道問題出現在城堡裏，之前他根本就不知道科爾登去了城堡，當然也不知道科爾登為什麼去那個城堡。城堡裏發生過什麼，現在誰都不知道。科爾登之所以能說出城堡裏有『魔鬼』，也是因為醫生在急救前給他打了強心針的原因。」

　　「有關城堡裏有『魔鬼』的事情呢？」我繼續問，「德林他們聽到過什麼嗎？比如說科爾登有沒

有表示要去城堡裏抓『魔鬼』？當地也應該有些傳聞吧？」

「沒有，從來沒聽過。」諾曼先生說道，「當然，各個穿越小組只是把那裏當做一個臨時的落腳點，基本不和外界接觸。當地的居民也只是覺得那麼偏僻的地方居然還有個旅館，而且經常有人入住，所以德林他們也沒有從當地居民那裏聽到有關『魔鬼』的情況，因為他們和當地居民不接觸，科爾登倒是有一些接觸，但是他昏迷了。」

「我沒什麼問題了。」我說着看看張琳和西恩，「你們呢？」

「我一直想儘快去那個中繼站，現場看看就什麼都明白了。」西恩說，「是中繼站旁邊的城堡有『魔鬼』對嗎？那就直接到城堡裏去。」

「我也是這樣想的。」張琳一副深沉的樣子，好像她是我們小組的分析大師。

我們回到辦公室，諾曼先生已經把中繼站的資料發送到了電腦上，我們又查找了一些相關資料。

現在，我們就要穿越到十一世紀的圖林根去了，圖林根在德國，但是那個時候還沒有德國這個國家。特種警察總部在那裏設立的中繼站叫做「小鹿旅館」。

技術組送來了那個時代的衣服，我們穿上後，很像山間的牧羊人，張琳像個牧羊女。

「好了，行動吧。」張琳說着走向辦公室門口前的空地，「早去早回，抓到那個『魔鬼』，我們就趕快回來。」

「聽你說話的口氣，好像不相信那裏有『魔鬼』呢……」西恩邊走邊說。

「信才怪呢，有人故意的，不可能有什麼魔鬼的。」張琳看着我們，「快──」

「可是，科爾登受了重傷，還昏迷呢。」西恩說。

「那也是人類作怪，故意弄出個魔鬼來。」張琳說着伸出了手，「馬上就要穿越了，別那麼多話。」

我們三個背靠背，手臂挽了起來。我的左手抬高，嘴對着我的萬能手錶。

「總部時空隧道管理員，我是阿爾法小組051號特工，我和另外兩個同事申請開啟穿越通道，請輔助我們實施穿越。」

「我是181號時空隧道管理員，請問穿越方式。」手錶裏一個聲音問道。

「無限穿越。」

「穿越的時間和地點？」

「公元1021年4月17日神聖羅馬帝國的圖林根城，城北山嶺『小鹿旅館』。」

「同意穿越，你們落地時間預計為當地時間中午，你們需要特別留意以下事項：一，不許從穿越地帶回除任務要求外任何人和物品。二，不許改變歷史。三，不許利用已經獲得的歷史知識進行任何非幫助完成任務的行為。」

「明白。」

「五秒鐘後穿越通道開啟，請站穩！五、四、

三、兩、一！」管理員說道，隨即，一個若隱若現的巨大管道出現了，這就是穿越通道。

穿越通道大概四、五米長，我們邁步進入管道，隨後站定，剛剛站穩，「轟——」的一聲，一道橘紅色的閃光從我們三個人身上滑過，霎時間，我們就消失在穿越通道中。

我們一下就被拋進了一個橫向的時空隧道之中，前進的速度非常快，像是滑進一個深淵之中。我們三個仍然手挽着手，背靠着背，但是身體已經橫向懸浮於隧道之中，和隧道保持着同向的位置，我們的身體承受着巨大的壓力，努力調控着飛行姿態，我們都咬着牙，手臂緊緊地挽着，忍受着巨大的壓力，我感到我們飛行速度越來越快了，大概一分鐘後，我感到速度略微降了下來。

「唰——」的一聲，我突然感到一切都停止了，一切也不再旋轉，腳有踩在地上的感覺，穿越結束了。此時我發現我們站在一個樹林裏，周圍全是樹，一個人都沒有，這些樹都長在斜坡之上，令

我們明白我們此時是在山坡上。

　　「穿越成功。」我的手錶裏傳出一個聲音，「你現在是在公元1021年4月17日中午的神聖羅馬帝國的圖林根城北山間，向上攀爬一百米後右轉五十米，就是小鹿旅館。」

　　「收到，謝謝。」我說道，「再見。」

　　「祝好運，再見。」

CHAPTER 2

城堡之外

　　剛才的樹葉都是靜止的，此時，一切都有了生機，在微風吹拂下，樹葉發出「沙沙」的聲音，還微微擺動着，像是在歡迎我們的到來。落地點很靠近目標位置，這次穿越比較成功。

　　我們向上攀爬着，山中有山路的，但是我們的落地點應該距離山路有些遠，好在坡度不是很陡，我們爬了一百米，發現一條小路，站在小路上，向右看去，有一所房子掩映在樹林之間。

　　「凱文，那一定就是小鹿旅館。」西恩指着那所房子説。

　　「看上去沒有被『魔鬼』攻佔。」張琳揮揮手，「走吧。」

　　我們一起來到那所房子前，房子算是比較大的，有上下兩層，房子門前掛着一塊牌子，寫着

「小鹿旅館」幾個字，還畫有一隻鹿頭，算是旅館的標誌。

我們互相看了看，我點點頭，隨後推門走進了旅館。旅館入門處有一張長桌子，後面坐着一個人，大概三十歲，看到我們，有些緊張地站起來。

「請問這裏有沒有一個叫肯特的先生？他是一個磨坊主。」我一進門就説，這其實是我們的暗語。

「沒有，我認識一位磨坊主，但他好像叫福特。」那個人的表情放鬆下來。

「你是豪克？」我連忙説，我們的暗語都沒有錯，他就是總部派來接替科爾登的人，「我們是阿爾法小組。」

「我知道。」豪克連忙讓我們進去坐下，「總部通知所有小組目前都不要使用這個中繼站，只派我來代替科爾登看着這裏，我也收到你們前來的消息了……剛才你們開門真是嚇到我了，我以為『魔鬼』找到這裏了呢，諾曼先生告訴我要是有緊急情

況立即撤離。」

「要是一個人在這裏，確實會緊張。」我平靜地笑笑，「那個城堡，這裏能看見嗎？」

「上樓去看，看得清楚，距離我們這裏還不到二百米。」豪克説着揮揮手，叫我們跟他上樓，「維森城堡，裏面住着維森伯爵，這是用伯爵名字命名的城堡，維森伯爵和夫人就住在裏面，也不知道他們怎麼樣了？啊，據説還有幾個僕人。」

我們上了二樓，進了左面第一個房間。豪克推開窗戶，我們向外面看去，只見不遠處矗立着一座城堡，城堡坐落的地勢比旅館稍微要高一些，城堡有着高大的圍牆，一高一低兩座塔樓，城堡沒有我們想像的那麼宏偉壯觀。根據我們掌握的情況，裏面只有伯爵夫婦和幾個僕人，所以説這不可能是那種宏大的城堡。

維森城堡靜靜地矗立在那裏，被高大的樹木圍繞着，就像是什麼都沒有發生過。

「城堡附近有居民嗎？目前有人活動嗎？」張

琳問道。

「根據掌握的情況，這附近有二十多戶山民，都住在城堡旁邊，城堡和周圍都是伯爵的封地，伯爵是他們的首領，但是我也是剛來，還沒有見過這些人，也沒有看見這附近有人活動。我負責看着中繼站，也不能外出太遠。」豪克有些不安地說，「現在這附近好像只有我們這幾個人一樣，這世界好像是靜止的。」

「找到居民，就能了解情況。」我說，「否則只憑科爾登那一句話，線索太少了。」

「那我們是找人先問一問，還是直接進到城堡裏去？」西恩問。

「啊？」聽到西恩的話，豪克叫了起來，「不能直接進去，科爾登明顯就是在裏面受傷的，他在裏面被『魔鬼』攻擊了。」

「確實不能貿然進去。」我想了想說，「根據資料，在裏面住着的伯爵和科爾登關係良好，科爾登被他攻擊的可能性不大，而且即便是被他攻擊，

受傷的只能是伯爵而不是超能力者科爾登。」

「有道理，很有道理。」豪克點着頭説，「你們還是先在周邊打探消息，然後再進去吧。」

「好的。」我説，隨後看看張琳和西恩，「那我們現在就去找那些山民，問問看情況。」

「你們不休息一會嗎？」豪克連忙説，「二樓的房間我給你們準備出來了……」

我們哪有心情休息一會，按照張琳的想法，直接衝進城堡，直接抓捕傷害了科爾登的「魔鬼」，但是這樣過於冒險，我們還是先在周邊看看情況。

我們出了旅館，向城堡走去。越過一片樹林掩映的小路後，維森城堡直接地呈現在眼前，近距離看城堡還是威嚴聳立的，同時，我們看到不遠的地方就有三戶人家，看來是這裏的居民。

張琳快走起來，她來到一戶人家前，開始敲門，沒有人回應。西恩走到窗戶前，向裏面看去。

「不用敲門了。」西恩忽然説，「沒人住。」

房間裏是空的，地上只有一些破木頭這樣的雜

物。我也到窗邊向裏面看了看。

「搬走了，我們去下一家。」我說道。

下一家距離我們不到二十米，張琳又去敲門，她一敲門，門受了點力，居然打開了。門打開之後，裏面也是空蕩蕩的。

我們連忙又去了十多米外的第三家，西恩直接推門，門開了，裏面還是空的，沒有一個人。

「難怪豪克說這邊靜悄悄的，一個人也沒有，原來都搬走了。」我指着空曠的房間，「你們看，沒有蜘蛛網，沒有灰塵，這裏的人都是剛剛搬走的。」

「為什麼要搬走？」西恩不解地看着我，「到底發生了什麼？」

「我判斷，城堡周圍的居民都搬走了，所以這裏顯得冷清。」我走到窗邊，向外看了看，「應該……和城堡裏的『魔鬼』有關。」

「城堡裏真的有『魔鬼』？」西恩問，「我看是裝扮的吧？」

「應該是裝扮的，居民搬走和城堡裏發生的事有關。」我説着走到張琳身邊，「如果居民都走了，我們暫時問不到什麼情況，只能硬闖城堡了。」

「我早就説該這樣。」張琳一副要和人決戰的樣子，「衝進去就明白一切了，不管誰在裏面裝扮魔鬼，看我怎麼把他揪出來！」

「即便是衝進去，也要萬分小心。」我説，硬衝進去有些魯莽，「科爾登也是超能力者呀。」

「他是一個人，我們是三個人。」張琳滿不在乎地説。

張琳説的好像也對，我們三個人衝進去，會有個照應，尤其是張琳的武力值，這個我是毫不擔心的。接下來我們要去城堡周圍看一看了，首先我們要找到城堡的大門，那裏是我們進入的通道。

我們出了那所房子，來到城堡下，城堡的周邊城牆有三米多高，頂端是垛口，當然，垛口後沒有人，一切都是靜悄悄的。塔樓的窗戶，也是一樣，

我真是希望那裏露出一張臉。

我們來到了城堡大門的正面，城堡大門緊閉着，那是一道厚實的大門，隱藏着後面的秘密。不過在城堡大門前一百多米的地方，我們看到了兩所房子，房子都掩映在林木中，很明顯，這兩所房子比剛才那些房子要高檔很多，剛才那些房子是木頭搭建的，我們看到的房子更大，而且和城堡一樣，是石頭搭建的。

「看看有沒有什麼人。」西恩指着城堡大門左側的房子，「去看看吧，估計也沒有人……」

這次是西恩領頭，他來到房子的門前，門是開着的，裏面也是空蕩蕩的，西恩回頭先看看我們。

「看，我說沒人吧，都搬走了。」西恩邊走邊說，「啊——」

西恩向裏面走着，裏面忽然出來一個人，手裏提着兩個桶，看到我們，那人也是驚恐地大叫，手裏的桶都掉在了地上。桶裏糧食一樣的東西打翻在地，聞起來居然有酒的味道。

「魔鬼大老爺——不要殺我呀——」那人喊道，並連忙向後退。

「誰是魔鬼？」西恩看到是一個人，恢復了平靜，「我們是過路的……」

「嗯……嚇死我了……」那人看清是三個孩子，也轉為平靜，「你們三個，還不快回家去，這裏不安全。」

「怎麼不安全？」我立即上前一步問，「一切不是都很好嗎？」

「快走吧，城堡裏有個魔鬼，小心吃掉你們，這裏的住戶都搬走了。」那人說着把桶扶起來，把糧食一樣的東西往裏面放，「看看你們，把我做的酒糟都打翻了。」

我們可不想和他談什麼酒糟的事，很明顯，這個人知道一些具體的事，看樣子他要走了，這個機會我們一定要抓住。

「先生，你損失了多少酒糟，我的父母可以賠給你，加倍賠。」我走上前，幫着那人一起收酒

糟，「其實我的父母準備搬到城堡附近住，正在選擇造房子的地址呢，他們在小鹿旅館住着呢，我們出來走走……」

「可不能搬到這裏來——我們都搬走了，你們還住過來？」那人一聽就着急了，「這個城堡裏有個魔鬼，魔鬼呀，你們不懂嗎？」

「你親眼看到了嗎？」我立即問。

「我倒是沒看見，但是鄰居們，大概七、八個人進城堡了，本來是找維森伯爵的，維森伯爵是我們這裏的領主，對我們很好，但是大家不但沒見到伯爵，還聽到裏面有魔鬼的聲音，魔鬼說要吃了他們，魔鬼還在那裏飄來飄去的，樣子很嚇人，大家都被嚇了出來，看樣子伯爵被吃掉了，所以大家都搬家了，距離城堡這麼近，誰敢住在這裏呀。」

「什麼時候發生的事？」我又問。

「就是前兩天呀，我和大家一起搬走的，但是我的房子大，東西多，我想着還有釀酒的酒糟沒拿走，今天急着回來拿走就再也不來了，結果碰到了

你們。」

「噢，明白了。」我點點頭，「小鹿旅館的老闆科爾登你認識嗎？聽説他進城堡後受傷了。」

「認識，當然認識，但是不知道他受傷了，他去城堡了嗎？」那個人大吃一驚，「我們住在城堡外的這些人知道城堡裏有個魔鬼，就一起逃跑，穆勒説他去通知科爾登，可是科爾登怎麼進城堡裏了？他不知道裏面有危險嗎？」

「穆勒？是他通知科爾登嗎？他跑到哪裏去了？」我很急切地問。

「不知道藏到哪裏去了，啊呀，你們問這問那的，你們不怕城堡裏的魔鬼跑出來嗎？」那人向窗戶外看看，「我要走了，要不是喜歡喝酒，我才不會再回來拿酒糟呢，我要用這些酒糟釀酒喝。你們快點跑喔……」

那人説着，提着桶就往外走，我們也無法阻攔。通過和他的説話，我大概了解到了一些情況。

CHAPTER 3

陷阱

　　我走到窗戶那裏，向城堡望去，城堡矗立在那裏，裏面究竟隱藏着什麼，看來只有進去才能真正了解到。

　　「現在能推斷出來，科爾登是得到那個叫穆勒的山民通知後，進了城堡，遭到了攻擊。」我轉身看着張琳和西恩，「這裏的居民大概真的在城堡裏看到或聽到了什麼。」

　　「在外面我看也問不出什麼線索了，直接進入城堡吧。」張琳一臉很急迫的樣子，「要是剛才就進去，現在也許都把『魔鬼』抓出來了呢。」

　　「我覺得也是。」西恩在一邊附和着，「帶着『魔鬼』穿越回去，噢，我還沒和『魔鬼』共同穿越的經歷呢。」

　　「別想太多，一定是哪個人裝扮的，這裏是

十一世紀，人們可都很相信各種鬼怪傳說呢。」

「不管是誰，我們一定要小心。」我對張琳和西恩的過於自信有些擔心，特別提醒他們，「那麼現在我們就到城堡裏去。」

我們出了房子，向城堡大門走去，張琳和西恩有些大搖大擺，我還想借助樹木的掩護，因為我擔心有人從城堡的塔樓上監視，不過還好距離很近，我們很快來到了城堡大門前。

西恩去推大門，如我們所料，大門從裏面被鎖上，我們根本就推不動。城堡大門在圍牆中央，圍牆上有垛口。我們目測，圍牆大概有近四米高。

我指了指垛口，張琳和西恩頓時明白我的意思，我們要翻上去進入城堡。西恩站在了城堡下，我搭着他的肩膀，隨後向上攀爬，扶着牆站在了西恩的肩膀上。張琳看我倆搭好了人梯，先是攀爬上西恩的肩膀，隨後被西恩托舉着，踩着我的肩膀翻上了垛口。張琳上去後觀察了一下四周，俯下身子，把我給拉上去，西恩則後退幾步，一個助跑，

扶着牆躍起很高，我和張琳探出身子，各抓住西恩的一隻手臂，把他也拉了上來。

我們站在垛口上，從我們站着的垛口，向左會沿着城牆上的通道繞到城牆的另一邊，向右就會進入塔樓，而進入塔樓也就是進入到了城堡的房屋建築中，維森伯爵就住在城堡的房屋建築裏。

我指了指塔樓的門，張琳和西恩都點點頭。我們形成一個三角形的攻擊隊形，張琳為首，我和西恩一左一右在側後方。我們向前行進，塔樓也有一個門，張琳走過去，一推門就開了。我們都知道，這種在城牆上的門，除非遇到攻城，否則一般都是開着的。

我們進入了城堡內部，前方有一條通向內部的通道，由於沒有燈光，非常的昏暗。張琳徑直向前走着，我們向前走了幾十米，出現了三條路。

「中間那條路。」我提醒張琳說，那是三條路中最寬的一條路。我們走上了這條通道，兩側出現了一些關着門的房間。我們進入城堡，其實並沒有

明確的目標，我們從來沒有來過，也不知道裏面的結構，我們走來走去，就是想看看裏面到底有沒有「魔鬼」。

城堡裏極為冷清，根本就不像是有人存在，我們剛才知道，城堡裏有維森伯爵夫婦和幾個僕人的，這些人應該也跑了，所以如果有人，那麼還在城堡裏的就是那個「魔鬼」。

我們繼續向前走着，前面出現了一道光，光是從上方射下來的，城堡內部此時完全依靠外面射進來的光照明，我們能看到通道上有點蠟燭的支架，支架上蠟燭還在，但是沒有人點亮，魔鬼喜歡陰暗的地方，這個我們都知道。而且如果城堡裏沒有人的話，就沒有人點蠟燭了。

通道的盡頭，一個中庭一樣的院子出現，那道光是從頂部的透明窗射下來的，院子裏有個小水池，還有一些雕塑，很是奢華的樣子。

我們又沒有了行進方向，不過能看到，院子的一面有條階梯通向上方，另外一條階梯通向下面，

而我們的正前方，還有一條通道，不知道通向何方。

「我們……」我想了想，又看看前面的路，「先去下面看看。」

張琳繼續走在前面，我和西恩緊跟着，向前走十幾米，我們到了向下的台階那裏，張琳直着走下去，此時不僅僅是張琳和西恩，我也覺得好像沒什麼「魔鬼」，這裏就是一處無人的城堡。的確，城堡的主人不知道在哪裏，那些附近居民們看到、聽到的「魔鬼」，很可能是他們自己嚇唬自己，也許看到什麼幻象，但不會有真的魔鬼。不過科爾登的傷和這裏有聯繫，這也是我們進來查看的目的。

我們走到下面的一層，下面這一層更加昏暗，這是一個大廳，廳裏也有窗戶，但是這些窗戶都拉着窗簾，有些沒有完全拉嚴實的窗簾投射進來一些光，我們隱約看到一扇進出的大門，大門緊閉着，門上掛着一把大鎖。

「根本就沒什麼。」西恩小聲地说，「都是那

些人自己嚇自己，魔鬼呢？我們進來這麼長時間，怎麼不出來吃了我們？」

「是呀。」張琳看着四周，「一切好像都很正常呀。」

「就是一個無人的城堡。」西恩的身子轉動着，忽然大聲喊起來，「喂——魔鬼——你在哪裏——」

「我在這裏——」一個聲音忽然傳來。

我們頓時都驚呆了，順着聲音傳來的方向，我們卻什麼都沒有看見。

「我要吃掉你們——」那個聲音繼續陰森地飄來。

昏暗中，我們能清楚地聽到這個聲音，但就是看不到發出聲音的人。我們三個已經背靠背，形成了一個防禦陣形。

「先鋒寶盒——霹靂劍——」張琳唸道。

一個長方形盒子從張琳的衣袖中掉出，張琳拿住盒子，按下了上面的藍色按鈕，頓時，一把鉛

筆長的劍從盒子中飛出，劍在張琳的掌心中旋轉幾圈，盒子消失，小的劍則變成一把長劍。這把長劍在暗夜中微微散發出藍色的光，成為整個空間中唯一發亮的東西。

張琳舉着劍，我和西恩也做出攻擊的姿態。這時，聲音傳來的地方，一個白色的影子「嗖」的一下飄過，我們看到了魔鬼，魔鬼全身籠罩在一身白衣中，它的頭部隱藏在頭罩中，隱約能看到一張恐怖的臉，它的臉幾乎就是一個骷髏。

魔鬼從我們面前飄過，張琳以為它要展開攻擊，舉着長劍準備還擊，不過那影子忽然飄遠了一些，靜止在那裏看着我們，隨即消失了。

「怎麼不見了？」西恩疑惑地問，看到魔鬼似乎也沒什麼厲害的，西恩大喊起來，「喂——你出來——」

「跟我上——」張琳舉着長劍，小聲對我們說。

我們慢慢地向前移動着，向着剛才魔鬼影子出

現的地方前進。現在，看上去的確有個能在空中飄來飄去的魔鬼，我們不知道它是真是假，但無論真假，我們都要和它拚一下，這是我們的職責。我們現在可以確認，這個城堡裏的確存在着危險，而科爾登的受傷，直接和這個魔鬼有關。

我們慢慢向前移動着，再向前十幾米，就是下面庭院的盡頭了，盡頭這裏是一堵牆壁，牆壁兩邊各有一個通道。

忽然，我們感到了什麼，我們的腳下在微微地震動，一定有什麼事情發生。

「後撤——」我喊道，我判斷出這是一種異常，更是一個危險。

「轟——」的一聲，一切都來不及了，我們腳下的地板忽然打開，一個巨大的空洞露了出來，我們大叫着掉了下去。

「啊呀——」我大喊了一聲，因為我的身體重重地撞在了地上，我們大概掉落了三、四米，張琳的長劍都摔了出去，發出清脆的聲音。

上面的地板轟鳴着合上了，我們看不太清，但是能感覺到，張琳摔得比較輕，她先站了起來。

「疼死了——」西恩在地上喊着，他努力地站起來，但是沒有成功，「我的腿，我的腿要斷了——」

「西恩，你還好吧？」我掙扎着爬了起來，還好，我感覺自己沒有受傷，只是摔得很疼，我爬向西恩。

「全都起來，看看你們的樣子。」張琳撿起了長劍，「也就三米多，又不是萬丈深淵，你們都沒事的。」

張琳這樣一説，我居然感到沒有那麼疼了，西恩也被我攙扶起來。張琳舉起長劍，劍身發出的微光能映射出來周邊的環境，這裏完全就是一個封閉起來的地堡，或者説是囚室，沒有任何的門和窗。我用力一跳，手碰到了天花板，冷冰冰的。

「我們被機關暗算了。」西恩有些滿不在乎地説，「這個城堡裏可能有很多這種機關。」

「應該不是『魔鬼』，否則早就把我們吃了，用機關算計我們的魔鬼可真少見。」我推斷說，「別看有什麼『魔鬼』的聲音，還有可怕的影子，大概都不是真的，一定另有隱情。」

「先出去再説別的吧。」張琳説着收起了長劍，「我可不想在這裏待着。」

這種密室囚籠，對我們這種擅長穿越的超能力者根本就沒有作用，我們只要穿越出去，利用時間的變化就能解決空間的問題。除非一種情況，就是我們被捆綁束縛住，那樣我們將無法實施穿越。

「總部時空隧道管理員，我是阿爾法小組051號特工，我和另外兩個同事申請開啟穿越通道，請輔助我們實施穿越。」我開始聯繫總部的管理員。

「我是007號時空隧道管理員，請問穿越方式。」手錶裏一個聲音問道。

「無限穿越。」

「穿越的時間和地點？」

「公元1021年4月17日下午的神聖羅馬帝國的

圖林根城，城北山嶺『小鹿旅館』……」

時空隧道出現，我們進了隧道後，隨即開始了穿越。我們之所以回小鹿旅館，是因為我們初步了解到城堡裏的一些情況，並不急於再次返回，我們需要進一步計劃再返回城堡。

時間非常短，我們出現在樹林裏，我們穿越成功。這次的落地點很精準，我們發現，我們所站的樹下，向西走十多米就是小鹿旅館。

豪克焦急地在旅館裏等着我們，看到我們出現，他算是鬆了一口氣，隨即詢問我們的情況。

「城堡裏確實有異常，但應該不是什麼魔鬼，具體是誰還要再去查看……」我向豪克講述了我們剛才的遭遇。

豪克很是緊張地聽完我們的描述，聽說裏面沒有魔鬼，他似乎也鬆了一口氣，但是危險依舊還在，科爾登遇襲的情況一點沒有解開，關鍵是，裏面那「魔鬼」的聲音，還有飄來飄去的影子都是怎麼回事？對此我們也很好奇，那個飄來飄去的影子

的確是我們親眼所見，還有那張骷髏般的臉，這些我們一定都要弄清楚。

「如果再進去，我們要避開裏面的機關，省得再掉進去。」西恩説着不由自主地捂着腰，「就這樣摔幾下我也受不了，關鍵是沒有防備就這麼掉下去了，我的小心臟呀。」

「我們這次進入，不能太莽撞了，我們要悄然無聲地進去，看看到底是誰隱藏在裏面。」我説着看看豪克，「你這裏有黑色的衣服嗎？夜行衣，不能讓裏面的傢伙發現我們再次潛入。」

「這個我要找一找。」豪克説着向樓上看了看，「我也剛來這裏不久……」

CHAPTER 4

攻城的伯爵

　　我計劃再次進入城堡，晚上穿着夜行衣進去，本來黑暗的城堡裏，我們穿着黑色夜行衣，只要不弄出什麼響動，被發現的概率極低。

　　我們最終一定能找到裏面那個假扮魔鬼的傢伙，無論他出於何種目的，現在我越來越覺得魔鬼是假扮的了，魔鬼根本就不需要使用機關，只要施展它的法術。

　　豪克翻找起來，他沒有找到黑色的夜行衣，但是他找到了幾件深顏色的衣服，我覺得大概能將就着用，深顏色的衣服也能起到保護作用，只不過尺寸較大，是大人穿的衣服，豪克說他馬上改一改，我們能穿上，看來他還是個手巧的人。

　　「……他裝扮魔鬼，是要佔領這所城堡嗎？」我們三個在二樓，看着不遠處的城堡，西恩問道。

「這城堡也不算大，城堡周圍也只有二十幾戶人家，不能算是富裕的領地，而且那些住戶還都給嚇跑了。」張琳充滿疑惑地說道，「真不知道他佔據這樣一座城堡有什麼意思。」

「也許有一種可能。」我想了想說，「我們的中繼站距離城堡這麼近，有沒有可能真正的目的是衝着中繼站來的呢？」

「衝着我們這所中繼站來的？」西恩有些吃驚，「會有誰這樣做呢？毒狼集團嗎？」

我還沒有回答西恩，因為這也是我推算的一種可能。不過這時外面有喧鬧聲傳來，還有號角聲，我們立即都走到窗台那裏，向外面看去，此時臨近傍晚，外面看得比較清楚的，我們發現不遠處的城堡外，好像來了一隊人。

「……我們一會就攻城，奪回城堡，不用害怕——」一個聲音傳來，這聲音有些尖，非常突出。

「有事情發生。」我說着就向樓下跑去，「去

看看——」

　　我們三個下了樓，一直向城堡那邊跑去，穿過樹林，我們看到一共十多個人，其中五個騎着馬，剩下的人步行，騎馬的人有四個是騎士打扮，都穿着閃閃發亮的鎧甲，很是威武的樣子。步行的人也都是武士的打扮，拿着武器，有長槍、長劍，還都舉着盾牌。

　　「……大巫師，就看你的了……」一個騎在馬上的人說道，他的打扮是中世紀的貴族裝扮，沒有穿鎧甲，但是手裏拿着一把寶劍。他有點胖，三十多歲的樣子，他的臉圓圓的，是一副沒長大的兒童臉。

　　「維森伯爵，請你放心，有我大巫師在，什麼都不怕。」被稱作大巫師的人很是自信地說，他騎着一匹馬，但是沒穿鎧甲，他也拿着一把寶劍，另外一隻手裏拿着一串東西，我沒看清是什麼。

　　「大門關着，我們爬城牆上去，繩索兵、弓箭手準備——」胖胖的貴族先是點點頭，隨後舉起了

寶劍，「現在就開始收復家園的行動吧——」

「等等——」我一邊喊着，一邊衝了過去，這些人盲目地衝進去，會被算計，裏面那個傢伙無論是不是魔鬼，都是有準備的。

張琳和西恩跟着我跑了過去。胖胖的貴族聽到我的聲音，回頭一看，看到了我們，那些騎士和武士也都看到了我們，他們都非常吃驚。有兩個武士拿着繩索，都已經準備把繩索拋上城牆垛口攻城了，弓箭手都做好了射擊準備。

「你們是誰——」一個騎士摘下頭盔，瞪着我們說，他留着兩撇上翹的鬍子，有點滑稽，他騎着馬迎向我們，「衝撞了伯爵大人，小心要你們的命——」

「維森伯爵？」我一下就想到那個胖胖的貴族可能就是維森伯爵，他剛才的話裏也有「收復家園」這樣的詞句，「維森伯爵，你聽我說——」

「管家，不要攔着他，讓他過來。」胖胖的貴族制止那個騎士，他一臉疑惑地看着我。

「你就是維森伯爵吧？這個城堡的主人？」我來到貴族的馬前，第一句話就問道。

「是，我就是。」貴族點點頭。

「那你是被裏面的『魔鬼』給趕出來了？」我又問。

「啊……是呀……」維森伯爵説，「你怎麼知道的？你是哪裏來的？」

「伯爵大人，我們三個從別的地方來，我們是幫助你們的。」我急着表白，「請不要冒然攻打城堡，裏面的傢伙一定有準備，你們就算是攻進去了，也會被機關給算計了，這座城堡裏有很多機關，你們會被陷進去的，非常危險。」

「喂，你們怎麼知道裏面有機關的？」維森伯爵一副很吃驚的表情，「管家——這個孩子知道城堡的秘密——」

「大人，不是我説出去的——」被叫做管家的騎士連忙説，「我要是説出去，我就是小狗。」

「我也沒説，我要是説出去，我也是小狗。」

維森伯爵忙不迭地説。

「也不是我，我是第一次來。」巫師也連忙表白。

「是誰告訴你們城堡裏有機關的？」管家瞪着我們，他就是那個有兩撇鬍子的人，「這可是我們城堡的秘密。」

「這不重要，聽着，城堡裏都會有機關，防備有人攻進城堡。」我解釋説，「現在是你們如果攻進城堡，就會被機關陷害……」

「你這個小孩真是多管閒事。」伯爵得意地揮揮手中的劍，「告訴你，這是我的城堡，哪裏有機關我自己知道，不會被陷進去。」

伯爵這句話一説出口，我倒是愣住了，沒錯，這是伯爵的城堡，哪裏有機關暗道他都清楚。

「快回家去，這裏馬上要成為戰場了。」伯爵揮舞着寶劍，「大家聽好，準備攻城，啊，攻打自己家的城堡，這感覺……不過我覺得我真的像個大將軍。」

「不要怕——魔鬼怕大蒜，你們每人都掛着大蒜，大膽地進攻。」巫師跟着伯爵，舉着寶劍打氣地説道。

兩個武士拿着繩索向城下走去，四個弓箭手舉起了弓，看樣子他們就要攻城了。

「不行呀——」我上前一步，抓住了一個正往前走的武士，這個武士準備掄起繩子，用繩子前的套索套在垛口，然後攀爬上去。

張琳和西恩和我一起阻止着那些武士，現場有些混亂，騎在馬上的伯爵很是生氣。

「抓起來，都抓起來。」維森伯爵大喊道。

三個武士過來，一個抓住了我，另外兩個抓住了張琳和西恩，我們都沒有用力反抗。如果我們反抗，他們是抓不住我們這些超能力者的，但是我們無法反抗，一是這樣會暴露我們超能力者的身分，第二，也是最為重要的，他們並不是壞人，他們只是想奪回自己的家園。

武士把我們拉到了一邊，其餘的人在伯爵的指

揮下開始攻城，只見兩個武士走到城牆下，雙雙掄起繩索，隨後用力拋上城牆，他們不愧是繩索兵，平時都受過訓練的，應該更有實戰經驗，兩個繩套都準確地套在了城垛之上。

繩索兵拋繩子的時候，弓箭手瞄準了城牆，準備射擊，不過城牆上沒有誰出來。繩索兵開始爬牆，另外幾個武士走過去，準備跟着爬上去。

我們看着那些武士上城堡，其實我們也不知道接下來會發生什麼，我有預感他們的攻城不會很順利。兩個繩索兵此時已經快爬到城垛上了，一切看起來都很順利。

「好，衝——」維森伯爵舉着寶劍，很是興奮，「衝進去後把大門打開，我們進去——」

「嗖——」的一道閃光，就在一個繩索兵抓住垛口的時候，閃光出現，就像是爆炸產生的光一樣，把那個繩索兵推了出去，另外一個也被推出去，兩人慘叫着落下來。

「小心——」張琳大喊着，擺脫了武士的束

縛，衝了出去，與此同時，西恩也衝了出去。

　　兩個繩索兵直線下墜，他們的身體與地面平行，這樣摔下來，最輕也是要摔成重傷的。不過張琳和西恩及時趕到，就在兩個繩索兵快要落地的時候，張琳和西恩分別對着兩個繩索兵猛地一推，他們下墜的重力頓時被化解掉，變成了橫向的動力，兩個繩索兵都撞在了城牆上，隨後落下來，他們落地後很快就站了起來，驚慌地向自己人這邊跑來。

　　在場的人全都愣住了，一是城牆上沒有任何人出現，不知道哪裏來的閃光，二是張琳和西恩這兩個孩子，衝上去救下了兩個繩索兵，這一切發生在短短的時間裏。

　　「攻擊——攻擊——」維森伯爵似乎是明白了什麼，用寶劍指着城牆上，「射箭——」

　　「可是伯爵大人，沒有目標呀。」一個弓箭手對伯爵說。

　　「是呀，沒有目標……」伯爵點着頭，他忽然看着我，「喂，你們好像很厲害……目標呢？」

我此時也擺脫了武士的束縛，走到城牆下，我不太確定是該繼續攻城還是暫緩，城堡裏的「魔鬼」有所反抗了，顯然，他很不願意伯爵他們攻打進去。

　　「不管啦，只要衝進去就行——」管家在一邊建議，「我看可以放火燒城堡，把魔鬼燒死，然後我們衝進去。」

　　「哇，笨死啦——」伯爵用寶劍的劍身拍打着管家的鎧甲，很是生氣，「這是我的家呀，也是你的家，燒了今後我們住在哪裏？我們是奪回家園的，不是燒家園的。」

　　「啊，大人，我忘記了，這是您的家。」管家連忙告饒，「不能用火燒……那麼，用水淹怎麼樣？」

　　「用水淹——用水淹——」伯爵更生氣了，用劍身猛打管家的鎧甲，把鎧甲打得很響，「你要讓我在城堡裏游泳嗎？」

　　就在這時，城堡塔樓的窗戶上有個影子一閃，

緊接着，一支箭射了下來，箭頭上還裹着布，布正着火，這分明就是一支「火箭」，火箭直直地對着伯爵射來。

「小心——」張琳衝過來，在驚慌的人們之中，她伸手對着箭一打，打在箭杆上，那支「火箭」頓時改變方向，扎在地上了，距離一個武士不到兩米，那個武士連忙跳着腳躲開。

「後撤——危險——」我指揮着大家，眼睛一直看着塔樓上的窗戶。

其實不用我指揮，伯爵等人已經開始向後退了，他們也害怕再有「火箭」射下來。巫師顯然受到了驚嚇，他騎着馬跑出去幾百米，不見了。

「伯爵，讓你的人撤到安全距離，把這座城堡包圍起來，謹防裏面的人逃跑，注意，裏面應該是個人，不是什麼魔鬼……」我拉住伯爵的馬韁繩，急促地説。

伯爵立即指揮着那些人，先是退後到對方攻擊範圍外，然後包圍了城堡。還好城堡不算大，十多

個人把城堡圍了起來，裏面的人從任何方向突圍，我們都能發現並及時堵截。至於為什麼確定裏面是個人而不是魔鬼，道理很簡單，射箭這種攻擊方式不可能是魔鬼所為。

CHAPTER 5

騎士和副騎士

　　城堡被圍住，我們撤到城堡大門前一百多米的地方，伯爵下了馬，來到張琳面前。

　　「救命大英雄，我向你致敬。」伯爵向張琳鞠躬致謝，「請問來自東方的美麗姑娘，你叫什麼名字？」

　　「張琳。」張琳很平靜地接受伯爵的致意。

　　「我現在封你為騎士，張琳騎士……」伯爵大聲地宣布。

　　「啊，伯爵，她一下就成為騎士了？」管家叫了起來，「那天被魔鬼嚇得跑出城堡，還是我背着你跑的呢，可我現在也就穿一副騎士鎧甲，你封了我一個副騎士，我也要當騎士。」

　　「笨蛋，那天逃跑是你先踩在我的腳上，我的腳現在還腫着呢，我是跑不動你才來背的，封個副

騎士就不錯了。」伯爵沒好氣地説。

管家不敢説話了，只是站在一邊低着頭，小心地看着伯爵。

「伯爵，我剛才還救了繩索兵呢。」西恩走過來，有些不甘心地説，「我也想當騎士，我家出過博士，還沒有出過騎士呢。」

「我封你──」伯爵説着把手指向我，「還有你，你們兩個為副騎士。」

「怎麼是副的？」西恩顯然不很滿意，「好吧，副的就副的，反正我算是騎士了。」

「伯爵大人，這到底是怎麼回事？」我有想問的問題，現在不是糾結什麼騎士或者副騎士的時候，「我們能幫助你，但是要了解發生了什麼。」

「城堡來了個魔鬼，我們跑了，又殺了回來，就這樣。」管家搶着説。

「什麼？」我聽不明白，騎士張琳和副騎士西恩也一樣。

「別聽他的，我來告訴你們。」伯爵認真起

來，他比劃着，「我是這個城堡的維森伯爵，這附近兩公里內的距離，都是我的領地。要説我們這裏的景色呀，確實是美麗，你們看到那邊的高山了嗎？那是查理山，山上有好幾種樹木，很多飛禽走獸，一到冬天呀，滿山的白雪覆蓋……」

「大人，大人，景物描寫我們今後可以找個時間單獨説……」我急切説。

「那就説説我們這裏的居民，這塊領地上，有二十幾戶人家呢。當然，在各個領主的領地中，我們這裏算是最小的，但是山民們都很可愛呀，他們生產了糧食，打了獵物，釀了酒，我幫他們賣出去……」伯爵眉飛色舞地説。

「大人，大人。」我皺着眉，打斷了伯爵的話，「這個我們今後也可以單獨説，我現在就想知道城堡裏怎麼會有一個魔鬼進來，你們是怎麼逃跑的？」

「是呀，我先介紹城堡以及周邊呀，我會説到魔鬼的，話説我的祖先分到了這塊地方，這是國王

陛下對他戰功的獎勵……」

「大人，還是簡短些，我們現在包圍了城堡裏的傢伙，他隨時會突圍，我要了解重要的資訊。」我擺着手說，「這樣，我來問什麼你回答什麼，其他的事我們今後慢慢說。」

「好吧。」伯爵很是順從地點點頭，還眨了眨眼。

「你在城堡裏住着，忽然來了一個魔鬼，對嗎？」我抓緊時間，連忙問。

「是的，半夜來的，會飛，還發出恐怖的聲音，說我們不走就吃了我們。」伯爵說，「然後就向我飛來，我們就一起跑出城堡，嚇死我了。」

「你們？是說城堡裏所有的人？」我又問。

「嗯，我和我的夫人，還有這個笨蛋。」伯爵說着拍了拍管家的鎧甲，「管家兼花匠兼副騎士，然後還有廚娘、打掃的克雷爾，一共七個人，我們一起跑的。」

「可是這些騎士和武士都是哪裏來的？」我指

着那些包圍城堡的人問。

「從我表哥家借來的呀。」伯爵説，「啊，我們這個城堡太小，養不起騎士，我們城堡只能由管家兼任副騎士，可是我表哥威廉侯爵就不一樣了，他的領地就在五十公里外，他的城堡比我們這個大十多倍，有二十多個騎士和三十多個武士呢。聽説我家來了魔鬼，他借給我五個騎士和十個武士呢，還把他領地的一個巫師推薦給我，專門降妖除魔的，跟着我一起來，咦？巫師呢？」

「報告大人，巫師嚇跑了，剛才有人用『火箭』射你的時候，他騎着馬就跑了。」管家在一邊説道。

「把他找回來——」伯爵大喊起來，「接下來抓魔鬼，還要巫師呢。」

「大人，城堡裏的不是魔鬼。」我説着看了看城堡那邊。

「怎麼不是，我都看見了，它飄來飄去的，還在空氣中説話呢。」伯爵瞪着我，「你們又沒有看

見，不過我倒是不害怕，換了別人就再也不敢回來了，我一定要回來搶回城堡，我還有二十多戶臣民呢，我不能把他們丟下。」

「可是那天你跑掉的時候好像也沒有通知城堡外的居民。」西恩不屑地説。

「大膽，副騎士，你敢頂撞伯爵大人。」管家大聲喝問。

「花匠，你冒充騎士——」西恩毫不客氣地反駁。

「我是副騎士兼任花匠，還兼任管家，我們這個城堡太小了。」管家連忙解釋起來。

「好了，好了。」伯爵擺擺手，他看着西恩，「魔鬼搶走城堡，又不會去搶居民的房子，再説我是去搬救兵的，看看，我這不是把救兵給找來了嗎？」

「那些山民去找你的時候，被『魔鬼』給嚇出來了，知道裏面有『魔鬼』，他們也都搬走了。」我指着城堡外的那些房子説。

「啊？」伯爵一愣，「我説我在這邊打仗，他們怎麼不出來助威呢，我還想讓他們看看我這個大將軍的樣子呢。」

此時的天色已經暗了下來，包圍城堡的武士們都坐在了地上，他們都等待着伯爵的下一步命令呢。

「我説，我的騎士和副騎士們。」伯爵忽然看看我們，想起了什麼，「我還不知道你們是從哪裏來的，你們家的大人呢？還有，你們叫什麼名字？噢，我居然不知道我的騎士叫什麼名字。你們為什麼那麼厲害……」

「我叫凱文。」我連忙説，「他們是張琳和西恩，我們家的大人都在……旅館裏。我們厲害……因為我們學習過一些格鬥技巧，而且學得很好，大概就是這樣……不過這都無所謂，關鍵是我們可以幫助你。伯爵大人，你要奪回城堡，而城堡裏的那個傢伙，在你走了以後，傷害過我們的一個朋友，我們必須看看他到底是誰！」

「噢，原來我們本來就是朋友，那麼我的騎士和副騎士，下一步該怎麼辦？」伯爵問道，「就在這裏等着嗎？告訴你，我的兵可都是借來的，除了那個笨蛋管家。」

「本來可以悄悄地潛入，但是你這樣出現，帶着這麼多的兵，裏面的傢伙一定非常小心了，我覺得他也許就在最高的塔樓上看着我們呢。」我說着又向那個塔樓看了看，伯爵也是一樣，「看來我們要強行攻城了，不過那個傢伙似乎很厲害呀。」

「有你們呢，我一點也不害怕。」伯爵笑着說。

「點起火把，繼續包圍，嚴防那傢伙突圍。」我發出了指令，隨後看看伯爵，「大人，這是你的城堡，那麼請把裏面的結構都告訴我們吧……」

由於我們剛才在城下的表現，特別是張琳顯示出來的強大武力值，無論是伯爵還是那些騎士、武士，對我們的話都言聽計從的，西恩因此有些得意洋洋。火把和篝火一起升起，將城堡團團圍住，

並照亮了四周，這樣城堡裏的那個傢伙一旦想衝出來，就會被立即發現。

伯爵和管家把城堡裏的構造都告訴了我們，城堡內部有三層，伯爵和管家等都住在第一層，第二層是休閒娛樂的地方，包括餐飲，第三層則是城堡的對外觀察所和抵禦進攻的制高點。我們了解到，我們掉下去的機關就是城堡裏的防禦機關，是對付攻進城堡裏的敵人的，很明顯，城堡裏的傢伙利用了這個機關。

了解了城堡裏的情況，我和張琳、西恩開始圍着城堡實地勘查，我想找一個適合攻城的地方，然後在這裏進行強攻。

「裏面那傢伙就一個人，我們從四面圍攻，一定能爬上城牆。」西恩跟着我，滿不在乎地説，「大家一起殺進去，只要遇到那個傢伙，我和張琳就不會讓他跑了，現在城堡裏的機關我們也都知道了，不會再掉下去了。」

「問題是我們的人也不多，四面圍攻，兵力分

散，那傢伙可不好對付，我不想出現傷亡。」我解釋説，「主攻一點，一批人攻城，另外的人掩護，爭取沒人受傷害，一舉登城。」

「凱文想得很全面。」張琳也在查看着地形，她忽然説。

「嗯⋯⋯」我剛想反駁，卻發現張琳附和我的意見，「噢，張琳，你這樣支持我，我還不是很習慣。」

「我只支持對的意見。」張琳還是那樣冷冷地説。

好吧。張林這樣説，也是在表明我的意見正確。最終，我們選擇在大門左側展開攻擊。首先，那裏距離右側的塔樓較遠，而那個塔樓，一定是「魔鬼」居高臨下把守的地方。其次，攻進城牆後，可以迅速跳下去，把大門打開，騎着馬、穿着重甲的騎士就可以進入城堡了。

天已經完全黑了，今天是不能展開攻勢了。因為天色暗，城堡裏沒有點蠟燭，一旦攻進去，裏面

漆黑一片，即使點着火把也只能照到一小塊地方，「魔鬼」可能趁夜色逃跑。明天白天進攻，攻入城堡後我們打開所有窗戶，讓陽光射進城堡，周邊再派幾個人留守觀察，「魔鬼」一逃跑就會被發現。

我們把既定的計劃告訴了伯爵，他很是同意，更是感歎收復家園的時候遇到了我們。伯爵安排幾個武士晚上值班，觀察着城堡，謹防「魔鬼」出逃。其餘的人全都到城堡前那三所搬空的房子裏休息。西恩還特別去了小鹿旅館，把第二天準備攻城的事告訴了豪克，豪克讓我們一定多加小心。

第二天早上，天剛濛濛亮，我就叫醒了還在熟睡的伯爵，我們將要展開行動了。武士們熄滅了篝火，大家吃了早餐。按照計劃，我們讓武士們在樹林裏撿來很多樹枝和落葉，隨後，我把攻城的人進行了安排，兩名繩索兵擔任爬城的任務，兩個騎士和兩個武士擔任掩護，他們將用弓箭射擊裏面的「魔鬼」，另外兩名騎士帶着兩名武士在大門口等待，一旦大門被打開，他們將直接衝進城堡，控制

住大門，隨後留四名武士在城堡外把守，其餘所有人一起衝進城堡，逐層逐個房間搜索「魔鬼」，而我們三個，先一同掩護繩索兵攻城，進入城堡後將會與那個「魔鬼」進行決戰。

五名武士抱着那些樹枝和落葉，小心地衝到城牆下，先把樹枝一層層堆起來，隨後開始往上面鋪蓋落葉，很快，樹枝和落葉都堆了一人高。這是為了預防繩索兵遭到反擊後會墜地受傷，如果落到被落葉覆蓋的鬆散樹枝上，那墜落的衝擊力將被極大緩解。

準備完畢，我走到伯爵身邊，我一直警惕地看着對面的塔樓，我總覺得那個「魔鬼」就在塔樓頂上，他知道我們在準備攻城，但是他並沒有出手，他在等待最佳時機。

「大人，可以開始了。」我抬頭看着騎在馬上的伯爵，此時的伯爵有些緊張。

「好！」伯爵點點頭，他把寶劍一揮，「繩索兵，上——」

兩個繩索兵抱着繩子就衝到了城牆下,他們一起拋出繩子,都準確地套住了城垛。隨後,兩人開始向上攀爬,他倆間隔有三米的距離,爬城的速度飛快。

　　「注意城垛後。」張琳站在弓箭手們的身邊,提醒着。

CHAPTER 6

一個播放機

　　兩個繩索兵很快就爬到了垛口，這時，昨天出現過的閃光突然出現，城垛上就像發生了爆炸一樣，閃光一閃，兩個繩索兵當即就被推了下來，他倆大叫着，不過摔在落葉上，沒有受傷。

　　「垛口後──」張琳指揮着那些弓箭手，「射箭──」

　　張琳顯然發現了攻擊目標，或者説感知到了，那些弓箭手高抬弓箭，所有的箭都射向天空，升高後隨即下落，劃出高拋的弧線，隨後落向垛口後。張琳指揮的方向，就是繩索兵攀爬的垛口後。

　　「咔──咔──咔──咔──」一陣響聲，落向垛口後的箭像是被什麼擊打，在空中亂飛，有幾支飛出垛口，落在城牆外的地面上，扎在了地上。

　　「果然藏在垛口後。」張琳有些興奮地説，她

的判斷是正確的，那個「魔鬼」就躲在垛口後，我們看不見他。

　　兩個繩索兵被西恩叫了回來，張琳讓弓箭手持續放箭，全部用高拋物線的方式射向躲在垛口後的目標。隨即，張琳看看西恩，兩人一起向城牆下跑去。

　　張琳和西恩到了城牆下，各抓起一條繩索，隨後開始快速爬牆登城，他們轉眼就爬到了垛口。

　　「咔——咔——」就在張琳和西恩就要登城的時候，兩個套在垛口的繩索被割斷，張琳和西恩大叫着掉了下來，摔在了落葉上。

　　「射擊——」我指揮着那些武士進行射擊，「魔鬼」就躲在垛口後，是他割斷了繩子。

　　四支箭高高飛起，隨後落下，刺向垛口後。眼看登城失敗，準備衝進大門的騎士和武士也過來幫忙，兩個騎士騎在馬上，接過武士遞過來的石塊，拋向垛口後。

　　張琳和西恩跑了回來，繩子被割斷了，如果再

拋繩子上去，可能還會被割斷。張琳建議用樹林裏的粗樹枝建造梯子。

「嗖——嗖——」忽然，兩支火箭呼嘯着，從塔樓的窗戶那裏射向我們。第一個目標就是張琳，張琳背對着塔樓，還好我及時一拉，火箭沒有射中張琳。第二個目標則是西恩，西恩看到了射向自己的火箭，連忙一閃，躲過了攻擊。

「反擊——反擊——」伯爵的寶劍指向了塔樓。

「嗖——嗖——嗖——嗖——」弓箭手們一起向塔樓的窗戶那裏射箭，三支箭直接射進了窗戶，另外一支則扎在了窗框上。

「嗖——」的一聲，塔樓最高的窗戶下，還有一個窗戶，從那裏又射出一支箭。「魔鬼」顯然很快換了攻擊點。

「噹——」的一聲，火箭正好射在管家的鎧甲上，並且扎在了上面，火苗從箭頭竄出，管家大叫救命。

一個武士把管家撲倒在地，大家一起衝上去把他身上的火苗拍滅。在一邊射箭的武士和騎士們則手忙腳亂地向城牆上所有的攻擊點射箭反擊。我們把已撲滅身上火苗的管家拉到樹林，遠離城牆上射箭的有效距離。

　　「救命呀──救命呀──」管家一直大叫着，「疼死啦──燒死啦──」

　　「好了，火已經滅了──」伯爵在一邊安慰說，「我們正在救你呢──」

　　管家中箭，他中箭位置在腰部，大家七手八腳地把他的鎧甲取下來，那支箭剛剛穿透鎧甲，連管家的衣服都沒有碰到。

　　「疼呀──疼死啦──」管家繼續大叫着，不過看到自己沒有受傷，他頓時不叫了，「啊，哈哈哈，不疼了。」

　　「扎都沒有扎到，怎麼會疼？」伯爵上去打了管家的腦袋一下，「就知道叫，箭射下來也不躲。」

「當然躲了，來不及呀。」管家心有餘悸地說，表情有些尷尬。

「這傢伙真厲害呀，我們要不要換一個攻擊方向？」伯爵走到我身邊，問道。

「換到哪裏都一樣。」我已經開始考慮下一步的動作了，目前這樣的強攻方式顯然不行，對手躲在暗處，經常變換攻擊點，我們根本就無法預知。

不遠處，有兩個武士在砍樹，這是繩子被割斷後，他們跑來製造梯子，想用梯子代替繩子爬城，但是如果只是改變爬城工具，垛口後的傢伙還是會躲在暗處攻擊，同樣會造成我們這邊的傷亡。剛才管家算是幸運，鎧甲很厚，那支箭沒有射穿鎧甲，騎士有鎧甲，武士們可是沒有鎧甲的。

「大人，你看這樣……」我已經有了主意，「梯子造好後，你帶着人繼續攻擊，聲勢越大越好，把對方吸引住，不過你們的攻擊是假攻擊，要注意自身的安全。在你們攻擊的時候，我們繞到城堡背面去，爬城上去，進入城堡，找到那個傢伙，

我們一交手，你們立即爬城，他跑不了的。」

「啊，這個辦法好。」伯爵大叫起來，同時鼓掌，「太好了，太好了──」

「小點聲，別讓人家知道。」管家連忙在一邊提醒。

「還讓我小點聲，你剛才喊救命，隔三座山都能聽見……」伯爵沒好氣地説。

我們隨即開始了安排，樹林這邊，一個登城用的梯子很快就造好了，我們也把夜行衣都穿上了，潛伏城堡後，不易被發現。伯爵帶着人出了樹林，來到了城堡前，我們則從樹林這裏繞道前進，到城堡的後面去。

「攻城啦──準備攻城──」伯爵唯恐裏面的傢伙聽不到，揮着寶劍，大聲地喊着。

「攻城啦──攻城啦──」管家跟着喊，他把鎧甲又穿上了，手裏還拿着一面盾牌。

一羣人跟着伯爵和管家，在剛才爬城的地方又喊又叫，兩個武士舉着盾牌，掩護着兩個抬着梯

子的武士向城牆邊衝了過去，隨後把梯子搭在城牆上，一個武士裝作要爬城的樣子。

「射擊——射擊——」伯爵看到那個武士要爬城，大聲喊道。

騎士和武士，一共十個，舉起弓箭，對着城牆上就開始了漫無目的的射擊，有的箭從垛口後飛過，有的箭射進塔樓的窗戶裏，還有個武士對着大門射了兩箭，兩支箭都扎在大門上，發出「咔」的聲響。

爬城的武士並不着急，他就爬了一米，隨後舉着盾牌，嘴裏吶喊着，但是不再向上一步。

我們抓緊時間，很快就繞到了城堡後面。我們這邊面對的城牆，靜悄悄的，吶喊聲則從遠處傳來，聽上去非常熱鬧。

我們三個快步來到城牆下，迅速地搭建起一個人梯，張琳先上到城牆上，隨後我站在西恩肩膀上，被張琳拉上城牆，西恩後退再助跑，爬上城牆兩米後，被我和張琳拉了上去。

顯然，我們沒有被發現，城堡裏的傢伙一定正在緊張地應對伯爵他們的「攻城」呢。我們沿着城牆向塔樓方向前進，到達一扇進入塔樓的門，西恩一推，門是關着的，居然推不動，這種門一般不會被關閉，很可能是城堡裏的那個傢伙看到有人攻城，把門鎖上了。

　　張琳掄起拳頭，準備用暴力破門，我連忙攔住她。

　　「如果弄出很大聲響，塔樓裏的傢伙可能會聽到。」我指了指前面，我們已經從後面接近城堡大門這邊了，前面的吶喊聲聽得很清楚了，所以就在塔樓裏的那傢伙可能會聽到我們破壞這扇門的聲音。

　　「那怎麼辦？」張琳焦急地問。

　　「我們下去，到院子裏去，從地面一層的後門進入城堡。」我把頭探出城牆，向下面看了看。

　　張琳點點頭，我們三個翻身就到了城牆下，進入了城堡的內庭。這一處的庭院很大，三面都是城

牆，向前就是進入城堡第一層的後門，我們來到後門這裏，一推門，推不動，這裏也被關上了。

張琳的手抖了抖，很快就拿出了霹靂劍，她把劍插進門縫，我們都屏住呼吸，這裏距離塔樓遠，城堡正面的攻城聲巨大，還有武士吹起了號角，趁這個機會，張琳的長劍用力往下一劃，「卡」的一聲，裏面的門栓被張琳切斷了。門一下就開了一道縫，我們則緊張地聽着聲音，害怕被對方聽到。

前方，吶喊聲依舊，城堡裏的傢伙的關注點應該還在那邊。我輕輕地推開大門，隨後進了城堡，門被推開後，陽光射進了城堡裏，因為窗簾都拉着，陽光鋪設在地面上，顯得極亮。張琳和西恩連忙進來，隨後關上了門，城堡裏頓時又是一片昏暗。

我們借着窗簾漏縫處的微光，小心地向裏面行進，我們的目的是到塔樓上去，從背後偷襲那個傢伙。我們進來的地方，其實就是我們掉下機關陷阱的地方，只不過當時我們很張揚，大喊着要對方出來，結果被機關算計，現在我們則小心很多，甚至

穿着夜行衣，昏暗的房間裏，我們近距離甚至都看不到彼此。因為我們之前被機關算計，所以此時不得不防，我們都緊緊地貼着牆壁，向樓梯那裏小心前行。

這次我們沒有掉下去，我們順利地摸到了樓梯那裏，同樣，我們小心地扶着牆壁向上，走了不到兩米，突然，走在第一個的張琳停了下來。

「等一下。」張琳小聲地說。

「怎麼了？」我跟在她身後，連忙問。

「這是什麼？」張琳的手在牆上摸着什麼，這是我透過微光看到的，只見張琳一用力，從牆壁上拿下來一個小小的東西。

張琳快步向上，那裏有一扇拉着窗簾的窗戶，有微光從縫隙投射進來，她把手裏的東西用陽光一照，頓時驚呆了，我也看到了她手裏的東西。

那是一個很小的音樂播放機，長方形，不到十厘米長，這絕對是一台現代的科技產品，音樂播放機上還有膠紙，是用膠紙貼在牆壁上的。古老的

十一世紀城堡裏，出現了現代的音樂播放機，這可是震驚了我們。我的第一個感覺就是，穿越到這裏的，絕對不僅僅是我們三個，還有現代人穿越到這個城堡裏了，直接可以聯想到的，就是這裏的「魔鬼」，這個音樂播放機絕對和他有關聯。在穿越的時候，大件物品是無法跟隨穿越的，但這種小件物品，比如説手機之類，則可以跟隨穿越者一起穿越。

「走吧，裝這個播放機的人，就在塔樓或城牆後躲着呢。」我指了指上面。

張琳點了點頭，她把音樂播放機放進口袋，同時，她已經把先鋒寶盒握在手裏，一旦遇到那個傢伙，她就能很快拿出霹靂劍。因為霹靂劍自身散發出光芒，此時還不能把霹靂劍拿出來，以免在黑暗中被那個傢伙察覺到。

我們沿着樓梯小心地向上，來到了城堡的第二層，這裏向外就是城牆，再向上是塔樓的第三層。我和西恩附身在樓梯轉角，張琳穿越中庭，來到進

出塔樓的門口，向外看了看，城牆上並沒有那個「魔鬼」。

張琳回來，告訴我們目標不在城牆上，那麼他在塔樓上的可能性就非常大了。我們轉身向塔樓的第三層走去。

外面，喊殺聲仍然不絕於耳，伯爵他們仍然在假裝攻城，我們爬上塔樓的樓梯，「嗖」的一聲，一支箭從塔樓第二層的窗戶射了進來，我們都嚇了一跳，這是外面的武士射進來的，我們看到地面上還有十多支箭，我們知道這是外面假裝攻城的人漫無目標的射擊。

塔樓的窗戶是開着的，這裏要明亮很多了。上面那個窗戶，就是塔樓最頂端的窗戶，「魔鬼」應該就藏在那裏向外觀察並射出火箭的。

伯爵他們的吶喊聲很大，但是就是不見攻城的動作，我從窗戶看到了伯爵，他賣力地揮着寶劍，幾個武士還在他身邊跑來跑去，顯得很緊張。不過說實話，他們的表演有些彆腳，看起來不像是要攻

城的樣子，也不知道「魔鬼」是不是會相信他們真的攻城，但是他們在這裏擺出攻城的樣子就足夠了，「魔鬼」不會不管這個地方的防禦而躲進城堡或者去別處，一旦他們真的爬城猛攻，這裏頃刻間就失守了。

張琳走在第一個，我們緊跟在後，慢慢地上樓，唯恐弄出什麼聲響。忽然，樓梯傳來聲音，有人急促地下樓，我們躲閃不及了，全都吃驚地看着樓梯。只見一個穿着當地衣服的男子從樓梯迎面而下，這人三十多歲，個子不高，看到我們三個，這人也非常吃驚。

「你是誰──」張琳大聲地問。

那人根本就不答話，他抬起雙手，對着我們猛地一推，一道強烈的光波飛了過來，我們能感到光波巨大的力量，還沒等我們反應過來，光波已經衝擊過來，張琳第一個倒下，我和西恩也被推倒，隨即翻滾下樓梯。

那人看我們倒地，連忙衝下樓梯。張琳倒地後

看到他要逃走，伸手就抓住了他的腳腕，那人轉頭看見腳被拉住，用力地拔腳，但是被張琳牢牢地抓着，他順力猛地踢向張琳，張琳叫了一聲，鬆開了腳。

「別跑——別跑——」張琳喊道，「攔住他——」

· CHAPTER 7 ·

奪回城堡

　　我和西恩被那股電光衝擊倒地後，身體劇痛，爬都爬不起來，西恩極其勉強地伸出手，想去阻攔要逃走的人，看着西恩有氣無力的樣子，那人根本就不在乎，徑直從我們倒地的地方邁過去。西恩伸出的手擋在那人身前，但是他的手抖來抖去的，自己都要抬不起來了。

　　「啊——」那人忽然大喊一聲，隨即靠在牆上。

　　「別跑——攔住你了——」西恩的手已經放下，但是那人卻停下腳步，靠牆喊着，西恩很是高興，他也不知道怎麼攔住了那人的。

　　我看得明明白白，一支箭扎在了那人的肩膀上，那人剛才從我們身邊邁過去的地方，正對着窗戶，一支箭從窗外飛來，冷不防地射中了那人的

肩膀。

「嗖——」又一支箭射進來，那人連忙躲避，張琳已經掙扎着爬了起來，她手中的小盒子裏探出了霹靂劍，張琳揮劍就向那人砍去，那人連忙閃身，身體靠在了另一側的牆壁上。

我和西恩也都站了起來，我倆一起撲向那個人，儘管我們的身體還沒有從剛才的攻擊中完全恢復過來，但是此刻已經顧不得那麼多了，我們要攔住這個人。從我們這裏衝過去，他可能就真的跑了，再也追不到了。我和西恩不僅堵住了下樓的通道，西恩一拳打過去，那人用手擋了一下，這時，張琳一劍又刺過來，那人慌忙躲避，向上的樓梯倒是無人阻攔，那人開始向上退卻，我們緊跟在後，他向上跑最終只能退到塔樓頂端，只要堵住樓梯，他就無路可逃了。

我們一起沿着樓梯衝上去，那人很快就來到了塔樓頂端，那人肩膀還插着那支箭，他驚慌地逃到樓頂，這裏是一個不到二十平方米的平台，四周有

一米多高的城垛，張琳第一個衝上去，揮劍就砍，那人躲避了一下，靠着城垛。

城牆下，伯爵他們看到了塔樓上的我們，也看到我們在和一個人交戰，全部歡呼起來。

「凱、凱、凱什麼——」伯爵人激動，而且我們也剛認識，他叫不上我們的名字，「小英雄，揍他——揍他——」

「揍他——」管家也跟着大喊，隨手還射出一支箭，那支箭高高飛起，劃過塔樓頂，不知落向哪裏，「哇——箭全都射完了——」

塔樓頂上，背靠着垛口的那人猛地一推雙手，一道閃光再次向我們襲來，我和西恩連忙俯身躲避。張琳毫無懼色，揮着霹靂劍，豎起劍身，直接用劍身迎擊那道電光，電光飛射過來，正面撞擊到劍身上，火花四濺，不過霹靂劍抵禦住了電光，電光停止不前，張琳則用力向前一推，霹靂劍和電光接觸的地方火花飛射得更加激烈，還發出「吱吱」的金屬聲。隨即，那道電光突然就被霹靂劍斬成兩

截，轉眼就消散了。

「啊──」那人驚叫起來。

張琳舉着劍就衝了上去，我和西恩也連忙跟上。那人在垛口看了看下面，咬了咬牙，轉身就上了垛口。

「他要跳了──」西恩大聲地喊道。

塔樓頂距離地面足有十多米高，那人縱身一躍，跳了下去。我們連忙衝到垛口，看到那人先是跳到下面距離塔樓頂四、五米的一個屋子的屋頂。屋頂是斜坡的，他翻滾着從斜坡上翻下，落向內庭，我們的視線被屋頂斜坡阻攔，看不到他落在了哪裏。

「我們下去──」張琳一揮霹靂劍，從樓梯衝了下去。

由於與地面的距離太高，我們都沒有把握跳下去後不受傷，只能沿着樓梯下去。我們大概知道那人跳到了城堡最下面的庭院裏。

我們衝下樓梯，飛奔到庭院裏，那裏一個人都

沒有，那人逃走了，我們環顧着四周，什麼人都沒有，只有前面大門那邊傳來的吶喊聲。我跑到後門那裏，後門插着門栓，那人不可能從這裏逃走，否則門栓是打開的。

「西恩，去把大門打開，叫伯爵他們進來，搜查整個城堡和周邊——」我大喊道，説着向城堡的後門跑去，我想看看那人是否從後門那裏跑了。

張琳揮着劍返回城堡，她開始一一拉開窗簾，讓城堡裏變得明亮。

西恩跑到大門後，打開了門栓，外面的伯爵他們看到大門打開，嚇得都向後退卻，以為那傢伙衝出來了，還有幾個武士對着西恩拉開了弓箭。

「是我——副騎士——噢，這個稱呼真彆扭——」西恩對着伯爵他們揮手，「快進來吧——找那個逃走的傢伙——」

「啊，西、西、西什麼——」伯爵高興極了，他揮着寶劍，「收復家園成功啦——」

所有的人一起向城堡裏湧，西恩把大門完全推

開，伯爵第一個衝進了城堡，看着熟悉的家園，他很是激動。

「我真像是一個大將軍——」伯爵邊說邊走進城堡，「管家，給我看看我壓在花盆下的十個金幣丟了嗎？不會被『魔鬼』給偷走了吧？」

「不會的，那地方很隱蔽。」管家跟在伯爵身後，得意地說，「畫框後和鞋架下的金幣也不會弄丟的，誰都不知道，我早就說過，那裏藏錢很隱蔽……」

「可是你現在一喊，大家都知道了。」伯爵沒好氣地說，「你這笨傢伙……」

「啊？」管家猛地意識到自己多嘴了，大喊起來，「啊——花盆下、畫框後、鞋架下沒有金幣——」

「快走快走，花盆下、畫框後、鞋架下有金幣——」幾個武士一起喊着，向城堡裏跑去。

「你這個笨傢伙——」伯爵懊惱地拍打着管家的盔甲，「乒乒」作響。

「伯爵，先不要管那幾個金幣了，反正你多的是。」我看到後門是鎖着的，那人沒有從後門跑掉，急忙向前門這邊跑來，聽到了伯爵他們的對話，「快，馬上集合所有人，在城堡裏搜查，剛才那個人不是什麼魔鬼，是一個人，大概三十多歲，他不知道跑到哪裏去了，城堡外也要搜，也許他逃走了。」

「啊？」伯爵一愣，「凱、凱、凱……」

「凱文。」我立即提醒道。

「啊，凱文，你們沒有抓到那個傢伙嗎？」伯爵急着問。

「那人身手不錯，從塔樓上跳下去了。」我急着説，「大概落在院子裏了，隨後就不見了。」

「集合──集合──」伯爵着急了，他立即大聲叫那些手下。

過了五分鐘，伯爵才把那些人召集起來，有兩個武士手裏還各拿着一瓶酒。

「嗨，你們還偷喝我的酒！」伯爵生氣了，

「我都捨不得喝呢。」

「大人，別那麼小氣呀。」一個拿着酒的武士說着又喝了一口，「我們幫你打仗，奪回了你的家園呀，我們又不是這個城堡的。」

「什麼你們？是小英雄凱文好不好？」伯爵指了指我，「是他們衝進來的……」

「好了，誰進來都一樣。」我可沒時間說這些，我看着那些騎士和武士，「大家注意，佔領這裏的人，不是魔鬼，是一個人，三十多歲，個子不高，現在他不見了，我們要搜查城堡，城堡外也要搜查，看看他跑到哪裏去了。」

騎士和武士們分成了兩隊，一隊在城堡裏搜索，一隊則去了城堡外。城堡裏，窗簾都被張琳拉開，裏面完全被陽光照亮了。

張琳和在城堡裏搜查的武士逐個房間尋找，由管家帶隊，他們從底樓一直找到了塔樓，不過什麼都沒有找到。他們下到樓下的時候，伯爵連忙走過去問，他看到兩個騎士的手裏都拿了一瓶酒，很是

生氣。

「人沒有找到，你們怎麼找到這些酒的？」伯爵氣得手舞足蹈，「這兩瓶酒我一直想找都沒有找到。」

「報告大人，是夫人怕你喝太多，叫我藏了起來。」管家說，「不好意思，大人，剛才大家搶酒的時候，還摔碎了一瓶。」

「哇——哇——」伯爵更生氣了，「誰摔碎的？賠給我——」

「你們全都找過了嗎？」我走到管家身邊，進一步問道，我很擔心有遺漏的地方。

「全都找過了，能藏酒的地方都找過了……」管家嘴裏有酒氣，看來他剛才還喝了幾口。

「我是說那個人。」我連忙打斷管家的話。

「也找過了，都找過了。」管家搖頭晃腦地說。

「大人——大人——」一個騎士拿着一支箭走過來，西恩剛才跟着這個騎士出城堡外搜查了，

「看看這個──」

騎士拿來的箭，箭頭上有血跡。

「報告大人，這是在城堡北面的城牆外找到的。」西恩走過來説，「我們這邊沒有一個人中箭，中箭的是那個裝扮成魔鬼的傢伙，我親眼看到的，那麼這支箭就是他從身上拔出來的。」

「你是説他逃出城堡後拔了箭就跑了？」我接過那支箭，看着帶血的箭頭。

「是的，他和我們打鬥的時候，根本來不及拔箭，跳到塔樓下後一定從北面城牆翻了出去，拔出箭就跑了，他不可能身上插着箭逃跑。」

「有這可能。」我點着頭説，「這樣説他跑掉了。」

「不管啦，跑掉就跑掉，關鍵是家園被收復了──」伯爵興高采烈地説，忽然，他想到了什麼，「凱文，你們沒有帶弓箭，是怎麼射中那個傢伙的？」

「沒有，不是我們，是我們打鬥時經過窗口，

外面射進來的箭，是你們假裝攻城射進來的箭，剛好射中那傢伙。」我解釋說。

「是我射的箭，我感覺那個壞蛋會從那裏經過。」管家連忙說。

「是我，我向窗戶射箭了，是我⋯⋯」一個騎士跟着說。

「差點射中我們。」張琳冷不防地說，說的時候還皺着眉。

「是你射的。」管家連忙指着那個騎士，「亂射箭⋯⋯」

「是你，不是我。」騎士着急了。

「好了，好了。」伯爵擺了擺手，「就知道吵，吵有什麼用，那傢伙已經跑了，吵能把他抓住嗎？現在不管怎麼樣，他跑了，家園收復了，我們接下來的事很多，先要慶祝一下，還要把我的那些山民們都找回來。嗨，小英雄們，今天我們慶祝一下，可不要着急走，最好留在我這裏當騎士和副騎士⋯⋯」

「我們暫時不走的。」我點點頭，目光一直留在那支箭上。

伯爵收復了家園，很是高興，管家開始清點城堡被佔領這幾天的損失，發現城堡裏的損失不大，只有儲存的食物少了一些，是被那個傢伙吃掉的，不過這也就更明顯地證明那是個人而不是什麼魔鬼。幾個武士被派去打掃城堡，剛才攻城的時候射進來的箭都要一一收集。伯爵說晚上要開篝火晚宴，他要請我們大吃一頓，還想讓我們留下來永遠當他的騎士。

伯爵他們去忙，我一直拿着那支箭，心裏一直想着那個傢伙的去向。

「凱文，你在想什麼呢？」張琳看出了我的心思，走過來問。此時，我們就站在城堡最下層的大廳裏，也就是我們第一次進來掉下去的那個大廳。

「還能想什麼，那個傢伙跑了，我們沒有完成任務。」西恩有些沮喪地說，「人沒有抓到，這裏到底發生了什麼，科爾登是怎麼受傷的，都沒有答

案了。」

「這是一個方面，不過科爾登最終會醒來，而且我們也攻克了這裏。」我若有所思地説，「不過我總覺得……首先，那個傢伙是個超能力者，那個音樂播放機一定和他有關，也就是説他應該來自我們那個時代。」

「音樂播放機要是他的，那一定來自我們的時代。」張琳説着從口袋裏拿出了那個播放機，「我很想知道裏面的內容，剛才開了一下機，但是沒電了，開不了機，這個時代可沒有充電的地方。」

「是呀。」我點點頭，「我們是警方的超能力者，他是哪裏的超能力者呢？為什麼要穿越到這裏呢？這件事，我想了想，看來真的和毒狼集團有關。」

「嗯。」西恩説，「我也覺得是，那麼你很確定是毒狼集團嗎？」

「你看，不遠處的小鹿旅館，就是我們的中繼站呀。」我指了指城堡外，「也許是針對我們的，

這種可能性很大，關鍵在於，這個人的去向⋯⋯」

「去向？」西恩一愣。

「就是說這個人到底去了哪裏。」我說着抬頭看了看城堡的塔樓，「也許一切都不像我們現在想像的那樣⋯⋯」

CHAPTER 8

篝火晚宴

　　我們又把城堡裏上上下下看了一遍，中途還遇到了興高采烈的伯爵，城堡被奪回，他一直處於興奮狀態。我們告訴他正在參觀城堡，伯爵説我們可以挑選自己喜歡的房間，看起來他真的覺得我們會留下來當他的騎士和副騎士了。

　　城堡不算是很大，但房間真的是很多，各種房間有大有小，功能各異，不過伯爵説了，大部分房間都是空着的，有些堆放了雜物，有些完全空着，因為住在城堡裏的人也沒幾個。

　　管家帶着我們看了城堡裏的機關設計，在最底層的大廳裏，有一個機關按鈕，就在一座雕像的底座上，安裝得很隱蔽，按下這個按鈕，整個大廳的地板就會塌陷，人就會掉下去被抓住。另外，第二層的大廳裏設計了暗箭裝置，暗箭能在裏面形成交

叉火力，攻擊入侵者。

「這裏的機關暗道，你確定沒有洩露？」我看看管家，問道。

「沒有，只有我和伯爵大人知道，伯爵夫人都不知道。」管家信誓旦旦地説。

「城堡裏有沒有通往外面的暗道？」我又問道。

「曾經有一條，但是幾十年前就被老伯爵給堵住了。」管家説道，「因為向外的暗道一旦被人家知道，也會成為通向城堡的道路。」

「噢……」我點着頭説，「不過，城堡內的機關，怎麼會被那人知道的呢？」

「這我就不知道了，我沒説，伯爵大人也不會亂説的，而且根據你們的描述，我和伯爵大人都不認識那個人，都沒有見過面。」管家説着伸了一個懶腰，「我看本次陪同參觀就到這裏吧，我要去吃點東西，然後在我的牀上美美地睡一覺，好幾天了，我都沒有在我的牀上睡覺了，晚上還有篝火晚

宴呢，會很晚……」

「你去吧，多謝你了。」我微微笑笑，「我想
篝火晚宴一定會很晚才結束，大人很高興。」

管家走了，張琳走到我的身邊，壓低聲音。

「那人也是超能力者，並且佔領這裏，他會利
用他的手段熟悉這裏的情況，因為有超能力，所以
發現機關並不難。」

「有道理。」我點着頭，張琳這個判斷是非常
符合邏輯的。

我們把城堡上下看了一遍，了解了些情況，隨
後，西恩去了小鹿旅館，把我們攻佔城堡的消息告
訴了豪克，豪克很是高興，不過聽説我們沒有抓住
那人，很是遺憾。西恩説伯爵要我們晚上參加篝火
晚宴，我們要在城堡繼續待一個晚上，至於今後的
打算，西恩告訴豪克説，我正在打算之中。

西恩從小鹿旅館回來，我們吃了飯，下午的時
候，我們又在城堡上下轉了轉。管家帶着幾個武士
去了不遠的市鎮，買回來很多美味食物，準備晚上

吃。有兩個武士被派出去找那些逃走的居民，不過傍晚回來的時候，說一個都沒找到，被伯爵罵了一頓。伯爵罵完，管家又把他們罵了一頓，他倆也不還嘴，最後笑着跑開了，兩人滿嘴酒氣，張琳猜他倆根本就沒有去找，一定躲到哪裏去喝酒了。這些兵都是伯爵借來的，伯爵對他們也沒什麼管控力，明天一早，他們也就全都回去了。

伯爵現在不停地邀請我們留下來當騎士，開出的條件還很優厚呢，他說我們留下來就能天天吃上各種美食，西恩居然還有點心動呢，幸好張琳及時提醒他，他才回到現實中來。他是現代人，是穿越過來的，他還有自身的責任，怎麼可能留在這裏給伯爵當保鏢。

「別說副騎士，就是給我當國王，我也……」西恩很是嚴肅地說。

「不留下來。」我接過話說。

「那就再想想吧。」西恩聳了聳肩。

晚上，籌備了一下午的篝火晚宴正式開始，

晚宴的舉辦地點就在城堡裏的院子裏，木柴堆起的火堆一共有三個，上面都支着架子，又是燃燒的篝火，又可以烤肉，烤肉的味道很香，西恩的口水直流。酒窖裏的酒也都拿了出來，不過我們三個是小孩子，不能飲酒，我們喝的是漿果榨汁，非常甜，非常好喝。庭院裏擺着好幾張桌子，我們都坐在桌子後，桌子上擺滿了食物。

「……謝謝大家，謝謝你們，幫我搶回了城堡，謝謝……」伯爵端着一大杯酒，邊喝邊說，他都有點醉意了，「除了下午出去找居民的兩個武士，你們以為我不知道嗎，你們出去喝酒了，根本就沒去找，找不回來那些居民，我要變成光桿伯爵了……」

「不要你謝，明早把答應給我們幫忙打仗的錢拿給我們……」一個武士揮着手，滿不在乎地說。

「對，給我們錢我們就走了。」另一個武士跟着說。

「你們就知道錢，你們已經拿走了我不少金幣

了。」伯爵搖頭晃腦地說，「花盆下的金幣已經沒有了⋯⋯」

「畫框後也沒有了。」管家跟着說。

「你們還藏在哪裏了？」一個騎士笑着問。

「不告訴你們，別以為我傻，告訴你們後，你們又要去拿了。我不理你們了⋯⋯」伯爵說着舉

着酒杯站了起來，搖搖晃晃地走到我們的桌前，「噢，我的小英雄，我的騎士和副騎士，多虧了你們，你們才是奪回城堡的大功臣，我向你們致敬……唉，那個……騎士去哪裏了？剛才我還看見她了呢……」

「大人，你説的是張琳嗎？」我站

了起來，端着裝滿漿果汁的杯子説，「她有點累了，説去房間裏休息一會。」

「噢，這麽早就休息了。」伯爵很是遺憾地説，「今天我們要吃喝一個通宵……」

「我們替她吃，這點我能保證。」西恩笑着説，「這個請放心。」

「放心，放心，我的騎士和副騎士，我很放心，今後留在這裏我就能放心了。」伯爵説着舉起杯子，「乾杯……」

篝火晚會很是熱鬧，幾個武士還跳起了舞蹈，旁邊的人唱着歌，我和西恩跟着哼，儘管我們也不知道他們唱的是什麽。

夜越來越深了，但是篝火晚會似乎越來越熱鬧了，伯爵他們都喝了酒，沒有醉意而且都很興奮，不得不讓人感歎他們酒量之好，但是我可熬不住了，我看看時間，都已經是夜半時分，馬上就要到凌晨了。

我看了看西恩，互相點點頭。我站了起來，對

伯爵擺擺手。

「大人，我實在熬不住了。」我帶着歉意說道，「感謝你的盛情款待，我要去休息了。」

「噢，副騎士。」管家端着酒杯過來，搖搖晃晃的，「這就走嗎？」

「我幫他吃。」西恩站了起來，揮手讓我走。

「走吧，走吧。」伯爵也擺擺手，「我、我也有點熬不住了，再過一會大家都去休息、都休息吧……」

我和另外幾個騎士和武士打過招呼，向城堡裏走去，進了城堡，裏面的牆壁上的燭台倒是都點起了蠟燭，但是城堡大，蠟燭小，裏面還是顯得比較昏暗。

我抬手看了看手錶，走到一個雕像後，隱蔽起來。

「張琳，張琳，我也進來了。」我對着手錶說，聲音壓得很低，「情況怎麼樣？」

「還沒有出現，我在第一層最裏面監視，你負

責第二層。」張琳的聲音隨即傳來。

　　沒錯，我不相信那個人跑掉了。張琳率先進來，就是進行監視的。我仔細分析過了，那個人從塔樓上跳下去，先是落在一個房頂上，然後又跳下去，一定會落在庭院裏，而在庭院的城牆外找到那支帶血的箭，大家也確實會想，他飛出城牆後，拔掉箭逃跑了，可是城堡的牆近四米高，我們也是超能力者，而且水準可能還要高出那人一些，我們爬上圍牆也要三個人互相幫忙，搭建人梯。那人肩膀中箭，行動一定受阻，怎麼會飛上那麼高的圍牆呢？當時我們下來後，他可都不見了，我懷疑他根本就沒有爬上城牆逃走，而是利用這幾天對城堡的熟悉，在城堡裏藏了起來。

　　伯爵倒是派那些武士搜索了城堡裏的房間，但那些武士馬馬虎虎，找出些好吃好喝的完全沒問題，心思根本就不在找人上。城堡裏大大小小好幾十個房間，我們三個也無法一一排查，所以不如暗中等他出來。我判斷那人躲在城堡第一層的可能性

最大，所以張琳進來後，就在最下面這層監控。

　　隱藏起來的這個人，一定有什麼特別的目的，如果僅僅是想佔領城堡不成被反攻進來，他會逃走。當時跳到庭院裏後，即便爬不上城牆，完全可以打開後門的門栓逃走，但是他沒有這樣做。那支箭是他拔出來拋出城牆，製造逃走的假象，他就是要留在城堡裏，我並不清楚他的目的是什麼，他有可能會在半夜時分出來刺殺伯爵，或者放火，不過關鍵是我們要等他出來，抓住他。白天的時候，城堡裏上上下下都有人，他斷然不敢出來，現在，他躲了大半天了，最起碼會出來找點吃的東西和水。

　　張琳躲在第一層裏面監視，我看不見她，隨即上到第二層，塔樓之上沒有空房間，最上層也只是個平台，不可能藏人。

　　我找到一尊很大的雕像，躲在了它後面。我和張琳都擁有超能力，我們能感知到一般人感覺不到的響動。如果那人從哪個隱蔽的房間溜出來，我們就能知道，而且我和張琳都見過他，不會把他和那

些騎士和武士混淆。現在除了我和張琳，所有人都在外面，西恩過一會也會進來，之所以一個一個進來，是怕把這個消息告訴了伯爵，他會驚慌失措，那些騎士和武士也一樣，一旦慌亂起來，很可能驚嚇到那個人，反倒不利於我們抓捕他。

「凱文，凱文，你在哪裏？」我的手錶一陣輕微的震動，西恩的聲音輕輕地傳來，「我也進來了，他們還沒有結束的意思。」

「我在第二層，白色大理石雕像這裏。」我小聲地説，「你在第一層門口附近隱蔽，現在已經是凌晨了，那傢伙很可能就要出來了。」

「明白。」西恩説道，「我會找一個好地方隱蔽，窗簾後面不錯……」

「張琳，有什麼動靜嗎？」我一直抬着手腕，小聲地問。

「沒有，但是我感覺得到……」張琳説着頓了頓，「那個人正在找機會呢，他一定會出來的……等一下，有動靜……」

張琳的話讓我感到非常緊張，我想西恩也一樣。我屏着呼吸啊，我在第二層，不可能知道張琳第一層那邊的具體情況，我也不好問，只能等着張琳的通知。

CHAPTER 9

信號旗

　　焦急地等待，張琳一直沒有説話，我真想下去看看。

　　「凱文，那個人從一間儲藏室出來了……」張琳的話再次傳出，她的聲音略顯激動，「現在他去了廚房……我在後面跟着他……」

　　「好，我這就下去，他去吃東西了，我們在廚房裏包圍他。」我説道，並且抑制着內心的激動，「西恩，你也向第一層的廚房移動。」

　　「收到，明白。」西恩的話傳來。

　　「凱文，他好像要幹什麼，不僅僅是去廚房，他手裏拿着一樣東西，好像是一塊布吧，我看不太清楚。」張琳的話再次傳來。

　　「拿着一塊布？」我一愣，「張琳、西恩，暫停圍捕，看看他到底要幹什麼，要僅僅是喝水、吃

東西，我們才抓他。」

「好的，我跟着他，他已經進了廚房了。」張琳說道。

我從雕像後面出來，慢慢地向第一層走去。第一層那裏，張琳躲在了廚房對面的一個房間裏，她靠着門，向廚房看着，她能看見那人的舉動。西恩也已經包抄過來。

「凱文，他喝了點水，上二樓了。」張琳的聲音突然傳來。

我就在二樓的樓梯口，已經向下走了兩步，再往下走，一定正面遇到那個人。聽到張琳的話，我連忙轉身上樓，急速來到樓梯不遠的一扇窗戶那裏，那有落地窗簾，我躲到了窗簾裏，我緊張得能聽見自己的呼吸聲。

一陣細小的腳步聲傳來，那人上來了，他沒有察覺到我，徑直地走向通往塔樓的樓梯。我連忙從窗簾後走出，跟了上去，那人快步走上塔樓的樓梯，在塔樓第二層的窗戶那裏停下，把手裏的東西

拿出來，我看到，那的確是一塊布，準確地説是一條深顏色的長條狀布，而這裏，就是那人上午中箭的地方。

那人把那塊布綁在窗戶的邊框，並把長布塞到窗戶外面。然後向外看了看，也不知道看什麼。隨後，他開始下樓梯。

我連忙躲閃到一個窗戶邊，用窗簾擋住身體，那人向第一層走去。

「張琳，他現在返回了，小心——」我從窗簾後閃出來，跟了上去，邊走邊説，「你隱蔽好，看看他回到哪個房間。」

「明白。」張琳説道。

那人走到第二層，隨後再下樓梯，向第一層走去。我一直跟着，保持着一定的距離，並不停地利用房間和窗簾當做掩護。

「凱文，那人回到了那個儲藏室，關上了門。」張琳的聲音忽然傳來。

「好，盯住他。」我回答道，「西恩，我們一

起過去，張琳，告訴我們你的準確位置……」

　　沒一會，我們匯聚到了那個人隱藏的房間門口，現在，只要我們衝進去，就能一舉抓住他。

　　「情況有變化，你們聽我説……」我們躲在那人斜對面的房間裏，西恩把門開了一道縫隙，觀察着動靜，「這個人剛才在塔樓的窗戶那裏綁了一塊布，我認為那是一面信號旗，是給外面的人發現信號的，也就是説有人看到信號旗就會來，或者作出什麼動作。這裏面一定有個秘密，如果我們現在衝進去抓這個人，應該能抓住，但是一旦失手，讓這個人脫逃，那麼掛出信號旗的秘密也就沒有了，他一定能有辦法通知看到信號旗的人不採取進一步的行動。」

　　「你是説我們的關注點是那面信號旗？」張琳很是緊張地問。

　　「對，看看信號旗能引來什麼，我估計是他的同夥。」我分析説，「如果能引來同夥，我們就能抓到更多的人，只要我們提前做好準備……」

「要是來更多的人，我倒是不怕，但是要全部抓住就難了，他們會跑的。」張琳有些焦急地説。

「凱文，他的同夥都是穿越過來的嗎？」西恩轉頭問道。

「一定是。」我點點頭，「是以前穿越過來的還是臨時被他叫來的，這個不知道，但是一定是穿越過來的，而且有可能和毒狼集團的人有關。現在，我們必須呼叫增援了，我們三個應付不了那夥人，也許一次來十多個，張琳説得對，即便擊敗他們，他們也會跑。」

「那馬上呼喚總部支援呀。」張琳連忙説。

「你們看住他，我這就去。」我看看外面，指了指房間的最裏面。

張琳和西恩盯着外面，我連忙跑到房間裏面，抬起了手臂。

「總部，我是阿爾法小組的051號特工，現在請求總部緊急支援⋯⋯」

「051號特工，這裏是總部，我是007號接線

員……」

我和總部聯繫上了，我通報了這裏的情況，請求總部立即派人前來增援，我們面臨一場和毒狼集團的大戰。總部很快就回覆了我們的請求，他們已經請示了諾曼先生，不過因為是半夜，組織起支援人員並穿越過來需要一定時間。

我聯繫完畢，來到門口那裏。對面房間毫無動靜，我看了看錶，此時是晚上一點多，我告訴張琳和西恩，總部派過來的增援最早也要三點到達。

「現在，西恩繼續在這裏等候，張琳去通知豪克，他那邊也要小心，毒狼集團會派人員過來。」我這時也有些着急了，因為信號旗掛出後，毒狼集團的人隨時會過來，如果摘掉信號旗，倒是比較簡單，但是毒狼集團的人看不到信號旗，根本就不會來，「我去塔樓頂上看着，張琳一會來和我匯合。西恩，一旦交戰，你要把這個人控制住。」

「好的，我們分頭行動。」張琳說着就向外走，「我先去小鹿旅館。」

　　張琳走了，我又看了看時間。

　　「西恩，千萬不要弄出聲響。」我叮囑道，「把這個人堵在這裏。」

　　「明白，放心吧。」西恩用力點點頭。

　　我出了房間，穿過走廊，我要到塔樓上去觀察外面的情況。我剛走到走廊盡頭，門口那裏就有聲響，我嚇了一跳，只見門口有人進來。

　　「啊，是、是我的副騎士呀。」伯爵被人攙着，搖搖晃晃地走了進來，「你還沒休息呀？」

　　「我……馬上就去……」我連忙說。

　　「剛才碰到騎士張、張、張琳，說是要在外面透氣。」伯爵繼續晃着身子，「好了，不理你們了，我去休息了……」

　　外面那些人搖搖晃晃地都走了進來，去各自房間休息了，他們醉醺醺的，一旦交戰也不能指望他們了。我急忙上了塔樓，經過窗戶的時候，看到窗口那裏綁着的是一塊藍色的長條布。

CHAPTER 10

圍攻

我來到塔樓上，向四面望去，四面全是黑壓壓的，月光倒是有，但是很微弱，城堡南面和東面的遠處是平原，北面和西面都是山。我是超能力者，夜晚的夜視能力當然遠比一般人要強，但是這是十一世紀，沒有燈光，夜晚是漆黑一片的，如果不能及時發現可能出現的目標，到時候很被動的。

十多分鐘後，樓梯傳來聲響，張琳走了上來。

「通知了豪克，他也為我們擔心呢。」張琳一上來就説，「他説也會和總部聯繫，我讓他注意安全，那邊就他一個人。」

「好，通知到就好。」我點點頭。

「有什麼情況？」張琳問，説着指了指外面。

「暫時沒有。」我説。

「這黑漆漆的，如果那些傢伙現在穿越過來，

看不清信號旗吧？」張琳問。

「他們可以走近看，也可以攜帶小型的夜視設備從遠處看。」我憂心忡忡地說，「這都是他們事先聯絡好的，我們有聯絡方式，他們也一樣。」

「你說這裏會被圍攻嗎？」張琳也有些緊張地問。

「應該會。」我說着看看錶，此時已經是兩點了，「但願總部的支援人員儘快趕到。」

「我去拿些弓箭上來，也許能用上。」張琳說着跑下了樓梯。

我看着西面，有些着急，也有些緊張。忽然，就在城堡的北面，有一道綠色的光一閃而過，我連忙向那邊望去。

張琳拿着幾張弓還有一捆箭上來，看到我努力地向北面看，也緊張起來。

「怎麼了？」張琳問道。

「有動靜，剛才有一道光，綠色的，那是夜光儀的鏡頭閃光，有人用夜光儀向這邊看，看的位置

應該就是下面窗戶掛信號旗的地方。」我依稀能看到有一些人影晃動，大概在城堡北面兩、三百米的地方。

「不用多想了，他們來了。」張琳說着拿起了一張弓和一支箭，「準備抵抗吧，但願我們能堅持到總部支援到來。」

我也拿起了一張弓，正在這時，我和張琳的手錶裏都傳來一個聲音，似乎還有搏鬥聲。

「快來，那個人要跑——」西恩的聲音從手錶中傳來，我和張琳頓時一愣。

「你守在這裏，我去。」張琳說着就跑了下去。

我不能跟着下去，我必須守在這裏，否則那些人過來，輕而易舉就上了城牆，翻進城堡了。我拿起一支箭，準備着射擊。北面，那夥人越來越靠近城堡了，他們距離城堡大概有一百米了，忽然全部停下，向這邊觀望着，我大概數了數，足有二十多個人。

對方人數眾多，我這邊只有一個人，在下面的張琳和西恩也不知道是否抓到那個人。忽然，那些人加速向這邊衝過來。

我還不能射擊，不是距離遠，而是那些人的最終身分還沒有明確，我現在只有百分之九十的把握判斷他們是壞人。

「站住——什麼人——」我站在塔樓上，舉着弓大喊。

「『匕首』，怎麼還有人把守？」城牆下，一個聲音傳來。

「不管啦，防守的好像只有他一個，衝進去把他們全部殺死——」另一個聲音傳來。

我頓時明白了，不是這些人這樣兇殘的對話，而是「匕首」這個詞語，就是毒狼集團下屬對上級的稱呼，這些人就是毒狼集團的。

「嗖——」我張弓就是一箭，對着最前面的黑影射去。

「啊——」一個聲音嚎叫着，有人倒地，「疼

呀——我中箭啦——」

「嗖——」的一聲，我又射出一支箭，又有一個人被我射中倒地，嚎叫起來。

「嗖——嗖——嗖——」連續三道閃光，對着我這邊就射過來，我連忙低頭躲避，一道電光從空中劃過，另外一道擊中垛口，垛口是石頭砌造的，石塊被擊碎，碎石亂飛，最後一道貼着脖頸飛過去，我都感到了閃光的灼熱感。

我快速下樓，來到樓梯的窗口位置，對着那些人又是一箭，有個人被射中倒地。隨即，十多道閃光飛進窗口，我提前躲避在牆後，對面的牆壁被射中，又是碎石亂飛。

「包圍城堡——四面登城——」一個聲音在城堡下傳來。

聽到這個聲音，我轉身上了塔樓頂部，只有在那裏我才能看到城堡四周的情況。這時，樓下傳來一陣腳步聲，張琳拿着弓跑了上來。

「凱文，抓住那個人了——」張琳喊道，「還

好我帶着弓箭，西恩沒攔住那人，我射中了他，已經把他捆住，關到一個小房間了。」

「好，快來幫忙，他們要從四面登城了，啊，西恩呢？」我急着問道。

「在下面喊伯爵他們起來幫忙。」張琳説着，和我一起到了塔樓頂。

這夥人主攻城北的城牆上，幾個人搭着人梯，有一個人已經爬上了城牆，張琳瞄準那人就是一箭，當即把那人射倒。我放眼看去，那些人分成好幾批，移動到城堡的四面。城堡大門那裏，一個傢伙搭着人梯翻上了大門，我抬手就是一箭，那人中箭，掉落在城堡裏，大呼小叫起來。

「嗖——嗖——嗖——」十幾道閃光對着塔頂瘋狂地射來，我們的攻擊引來了對手的反擊，他們都是超能力者，他們的火力立即壓制住了我們，我們抬不起頭來，躲避着攻擊。

「衝——衝——」城牆下，一個聲音傳來，這是他們的頭目在指揮登城。

塔樓上的我們抬不起頭，張琳彎着腰衝下樓梯，她剛在樓梯窗口對外瞄準，四、五道閃光就迎面射來，張琳連忙躲避，我們的攻擊位置被對方發現並鎖定了。

我抬手對着城牆下就是一箭，隨後低頭躲避，我也不知道能不能射中，但是我必須抵抗，延遲他們的進攻。

「凱文、張琳，我叫醒了管家和幾個武士，伯爵叫不醒──」西恩的聲音傳來，「你們在哪裏──」

「西恩，你帶着他們上城牆來，快──」我連忙説。

西恩帶着管家和武士來到了城牆上，管家和那些武士還都搖搖晃晃的，根本就沒醒，管家帶着一個頭盔，連鎧甲都沒有穿，手裏揮着一把寶劍。

「敵、敵人──在、在哪裏──」

突然，城牆上露出一個腦袋，那是一個登城的敵人，正好和管家面對面，管家嚇得大叫起來，西

恩衝過去，一把就被那人給推了下去。

「守住這段城牆——」西恩對身後那幾個武士喊道。

這時，這段城牆有四個垛口出現了敵人的身影，敵人在多處同時登城，我們被壓制，武士們幫不上忙，幾個武士都沒醒，搖搖晃晃也無法組織有效反擊。

「嗨——」西恩站在城牆後，雙手向外一起推，「轟」的一聲，一股氣浪生成，沿着城牆垛口延展，那些人被衝過來的氣浪全部推到了城下。

「嗖——嗖——嗖——」十幾道閃光對西恩射來，西恩雙手向上，有一股氣霧狀的牆生成，那些電光全部射在氣霧牆上，全部彈開。

「我可是防衛大師——」西恩很是得意地衝到城牆邊，看着下面，下面有十幾個人，西恩對着他們又一揮手，兩股氣浪對着那些人就撲去，那些人喊叫着連忙躲避。

「繞到那邊去——」城牆下一個人大聲指揮

着，很明顯，看到西恩這樣強大的防禦力，他們開始變換攻擊地點，要避開西恩。

「你們去那邊防守——」西恩指着西側的城牆對管家他們説，很明顯，西恩雖然防禦能力強大，但是四面城牆他只能守住一面，另外三面還是需要人防守。

城下之敵也明白這一點，西恩防守的這面，他們並沒有全部撤走，留下三個人繼續做着攻城準備。如果西恩離開，他們的確會真的攻城。不過因為西恩帶人在城牆上防守，我們這邊的壓力小了一些，我看準機會，繼續向城下射箭。

管家帶着那幾個武士來到西側城牆，他剛站在城牆邊，一道閃光射過來，他的頭盔被擊落在地。

「啊——救命呀——」管家説着就開始逃跑。

管家一跑，幾個武士扔了刀槍，跟着管家一起跑，西恩怎麼叫也不行。這時，兩個敵人一起爬了上來，張琳射倒一個，不過頓時被電光壓制住。登城那人開始彎下身子把同夥往城牆上拉。

張琳急了，揮着霹靂劍要去阻攔，但要是等她跑下樓梯轉過去，敵人都能上來三、四個人了。西恩想轉過去阻攔，身子剛動一動，城牆下的三個人就開始衝過來，西側城牆眼看就失守了。

「啊——」俯身拉同夥的那人突然大叫一聲，倒在城牆上。

一支箭射中了這人的肩膀，西側城牆下的遠處，豪克舉着一張弓，箭是他射出的，他聽到了城堡這邊的吶喊聲，前來救援。

兩個敵人衝過去攻擊豪克，豪克躲在一棵樹後，向那兩個人射箭。這時，城堡東側和南側都有敵人爬城，我連忙向南側的敵人射箭，東側有四、五個人吶喊着一起爬到城上，這座城堡眼看着要被攻破了。

張琳正好衝到城牆上，看到城堡東側的敵人，她吶喊着衝過去，這些敵人手裏都拿着長長的木棍，應該是穿越過來後在樹林裏撿來的，我們穿越是無法帶現代化的武器過來，毒狼集團的這些人也

一樣。

　　張琳衝上去就和那些人打在一起了，看到城堡被攻破，我拿着弓箭也衝下塔樓。這時，城堡西側也有兩個人翻上來，南側同樣也上來兩個人。除了西恩那邊，城堡三面被攻破了。

　　張琳那邊，又有幾個人爬上來，一共七、八個人一起圍攻張琳，張琳無奈地邊打邊撤，我剛衝出塔樓來到城牆上，就有兩個人衝了過來。

CHAPTER 11

迷影之謎解開

「守住門——」我一邊喊着，一邊向後撤，我提醒張琳要守住從城牆進入城堡內部的門，裏面的伯爵他們還沒醒酒呢，敵人衝進來，他們也就危險了。

張琳邊打邊撤，這時，一個敵人從城堡裏打開了城門，外面的敵人都衝了進來，西恩那邊，他的兩側都出現了敵人，開始圍攻西恩。

「轟——」的一聲巨響，城堡大門外十多米的地方，一道光閃過，一個巨大的穿越通道出現，緊接着，三、四十個特種警察穿着制服直接從裏面衝了出來，兩個正往城堡裏衝的敵人當即被打倒在地上。

「威克——里德爾——」我興奮地呼喚着那些人的名字，這些警察我們全都認識，他們是我們的

同事。

　　此時，天已經開始濛濛亮了，攻打城堡的毒狼集團頓時被裏外夾攻，我們不僅僅是武力值超他們一等，人數上也有極大優勢。轉瞬間，這些人投降的投降，逃竄的逃竄，特種警察一舉衝進了城堡。

　　「這是怎麼回事？這麼多人還在狂歡呀……」伯爵被戰鬥的聲音吵醒了，他揉着眼睛走到院子裏，「真熱鬧呀……」

　　「你是誰？別亂動──」一個特種警察用寶劍對着伯爵。

　　「啊──」伯爵立即舉起了手，他瞪着眼睛，隨後笑了，「嗨，你的衣服真奇怪，我從來沒有見到過。」

　　「嗨──嗨──」我站在城牆上連忙大聲地對着下面的那個特種警察喊，「他是自己人──」

　　管家他們也都清醒了，幫着特種警察一起捉拿和看押毒狼集團的人，這些人也比較好區別，他們都穿着現代衣着，很容易就能和管家他們區別開。

經過簡單的審問，這些人就是毒狼集團的成員，他們一共來了十七個人，連同攻打城堡時受傷的，被抓住了十四個，跑掉了三個，估計跑到較遠的地方穿越回去了。

　　我和張琳、西恩去了城堡的第一層，要了解這裏到底發生了什麼，被張琳和西恩抓到的那個人非常關鍵。我們來到關押那人的小屋，進去的時候，那人還在掙扎，他驚恐地看着我們，我們這樣出現，他應該明白一切都是大勢已去。

　　「你叫什麼名字？」進去後，我直接問，因為我急着想知道答案。

　　「詹森，我叫詹森。」那人低着頭說。

　　「好的，詹森。」我點點頭，指了指外面，「情況我可以和你說一下，我們是特種警察，你是毒狼集團的成員，你穿越到這裏，嚇走了城堡主人，傷害了一名特種警察，你還把我們陷落到機關裏，你掛了信號旗，這些我們都知道，但是的確不具體地了解。現在，你召喚來的那些人，基本都被

我們抓住了。你如果想見見他們，我會把他們一一帶來見你。總之就是，你的計劃破滅了，你們失敗了，我想知道幾個細節，如果你回答我，我會把你配合審訊的情況寫進報告，法官量刑的時候，一定會考慮到這點……」

「我知道，我們失敗了，你要知道什麼？」詹森沒等我說完，就順從地說。

「你來這裏的目的，以及我們的人是怎麼受傷的？」我直接說。

「小鹿旅館是你們最重要的穿越中繼站，你們的穿越行動，對我們打擊很大，所以我們決定先監控這個城堡，把城堡變成我們的據點，然後摧毀你們的中繼站，最後還要把這個城堡變成我們的穿越中繼站，所以我是來控制這個城堡的。」詹森低着頭說，「我先嚇跑了這裏的伯爵一家，然後嚇跑了那些居民，你們有個特種警察上門查看，我躲在暗處發現了他，我就偷襲了他。他受傷後往小鹿旅館跑，可能是回去報信，我就追了過去，追到門口，

他先敲了門，我感覺到有人下來應門，就連忙走了。我用飛鏢射中了他，知道他受了重傷，活不了多久了，而且他倒在門口時已經昏迷了，我就回去了。」

「好的，我們的人受傷原因知道了，可是你是怎麼嚇走伯爵和那些居民的？你怎麼裝扮魔鬼的？」

「很簡單，我有個微型投影儀，貼在地板上並對着牆壁，把錄製好的魔鬼影像播放出來，加上三台貼在牆壁上的音樂播放機，投影儀和播放機都用遙控器控制，這樣我不用出面，牆壁上有『魔鬼』飛行，空中還有魔鬼聲音。這是十一世紀，這些人沒見過這些，當然就認為真的魔鬼來了。後來你們進來了，你們怎麼進來的我根本就不知道，發覺有人進來，我開始以為你們也是居民，也用這套辦法嚇唬你們，發現你們居然不怕，還舉着劍要砍殺『魔鬼』，我只是覺得你們很不簡單，但是沒覺得你們是特種警察，也就是幾個膽子大的孩子。因

為我已經在這裏幾天，利用超能力發現了這裏的機關，所以把你們關進地下陷阱了，沒想到你們能逃出去，我以為你們會死在裏面。」詹森很是緊張地看看我，「還有一個沒想到的地方就是那個伯爵會帶人回來，還攻城。我又發現了你們，你們一出手，我才明白你們其實是特種警察。」

「那你為什麼不逃跑？一個人還抵抗？」我問道。

「我不敢呀，我已經通知『匕首』已拿下城堡了，要是丟了城堡，回去會被『匕首』殺掉的，我只能抵抗呀，我好不容易佔領了這個城堡，不想就這麼丟了。」詹森變得緊張起來，「不過最關鍵，是『匕首』不讓我放棄這裏。」

「『匕首』是你們的頭目？」

「是的。」

我轉臉看看張琳和西恩，我們剛才通過審訊那些被抓的人，知道「匕首」脫逃了。

「那麼『匕首』和這些人就是你召喚來的

了？」我繼續問道。

「是的。我跳到城下的時候，假裝把肩膀的箭拔出來扔到城牆外，引開你們的視線，其實我根本就不敢逃走，逃回去一定被『匕首』殺了。我就躲到一間小屋裏，向『匕首』發了信息，讓他們半夜來攻城，我們裏應外合，奪取這個城堡。匕首同意了，和我約定時間掛出信號旗，他們只要看到信號旗，就確定沒有埋伏，開始登城。」

「然後你就去掛了信號旗？」

「是的。後來到了約定時間，我就出來迎接，可是剛出來，就遇到了他⋯⋯」詹森說着看了看西恩，歎口氣，低下了頭。

「我全都明白了。」我看看張琳和西恩，「可以把他一起送回總部了。」

前來支援的特種警察們押送着被抓到的毒狼集團的人，和我們告別，他們要先回總部，我叫他們走出城堡一段時間再找地方穿越回去，以免驚嚇到伯爵他們。此時的伯爵和管家等人，已經在用驚異

的目光看着那些特種警察了，我們也沒辦法向他們解釋他們完全不懂的這些事。

豪克繼續留在小鹿旅館，毒狼集團遭到如此沉重的打擊，再也不敢打這個中繼站的主意了。我們的任務完成，也要穿越回去了。

「……我很遺憾，我的騎士和副騎士，那些『怪人』走了，你們也要走了，我很感謝你們救了我們……」我們和伯爵在城堡裏告別，伯爵拉着我們的手說，他稱呼那些特種警察為『怪人』，當然，這可以理解，他從來沒有見過這樣裝扮的人，「你們真的確認，不會有人再來奪取我的城堡了嗎？如果有，你們還會來嗎？」

「不會有人再來奪取你的城堡了，請放心吧。」我說着看了看伯爵身後的管家，「不過你也要找些屬於你自己的騎士來守護這個城堡了，管家……還是繼續當管家吧，順便可以澆澆花……」

「我明白。」伯爵說，「這個笨蛋一點用也沒有……」

「我也早不想當什麼騎士了，要打仗的，嚇死我了。」管家擺着手説，忽然，他一笑，「大人，不再兼任騎士，你不會減少我的薪水吧？」

「會的，堅決會的，我聽説剛才你被射掉個頭盔就帶頭逃跑……」

「不要呀，我那不是逃跑，我是去找一個新頭盔……」

我們告別了伯爵他們，向遠處的深山走去，我們要在那裏找一處地方穿越回去。

時空調查科4

古堡迷影

作　　者：關景峰
繪　　圖：Mimi Szeto
責任編輯：葉楚溶
美術設計：蔡學彰
出　　版：新雅文化事業有限公司
　　　　　香港英皇道499號北角工業大廈18樓
　　　　　電話：（852）2138 7998
　　　　　傳真：（852）2597 4003
　　　　　網址：http://www.sunya.com.hk
　　　　　電郵：marketing@sunya.com.hk
發　　行：香港聯合書刊物流有限公司
　　　　　香港新界大埔汀麗路36號中華商務印刷大廈3字樓
　　　　　電話：（852）2150 2100
　　　　　傳真：（852）2407 3062
　　　　　電郵：info@suplogistics.com.hk
印　　刷：中華商務彩色印刷有限公司
　　　　　香港新界大埔汀麗路36號
版　　次：二〇一九年十二月初版

ISBN : 978-962-08-7396-6
© 2019 Sun Ya Publications （HK） Ltd.
18/F, North Point Industrial Building, 499 King's Road, Hong Kong
Published and printed in Hong Kong